JN311832

ひとりの夜を短歌とあそぼう

穂村 弘・東 直子・沢田康彦

角川文庫
17241

はじめに

君たちの失敗談なら一つずつ今でも言える　級長だから

なんて歌を本書でも詠んでいるように、生まれつき級長体質のサワダは、ある日大勢の「へっぽこクラスメイト」を率いて、短歌の修学旅行へ旅立ったのです。

最初は「行きたくない」という生徒が頻出、なまけものや不良ばかり、なだめたりおどしたり、ほめちぎったり（これが大事だ！）、ともかく「よめ」「よめば」「よもうよ」と、「表現の57577化」運動を推進し、がつがつ回収に励みました。級長だってほかに仕事がたんとあったのですが、何にそんなに駆り立てられたのか、集めた歌たちを編集、表紙に《猫又》と大書、印刷、知り合いという知り合いに送りつけました。「次回お題は『嫉妬する』だっ」とかと宿題に、締め切り日もちゃんと書き添えて。

旅は長くなりました。気づけば何年も。どんな修学旅行だ。

ある時には「歌会」なんてこともやりましたね。「吟行」もやった。後楽園ホールに行き、新宿の居酒屋も、山中湖のコテージも行った。人んちにも押しかけた。人数も増えた。飲んだ食った、そして詠みました。

次々とお題、目的、行く先の変わるこの思いつきの旅には引率の教師がおらず、そもそもシロートのサワダレベルではなんとも心もとないと、途中から歌人の穂村弘・東直子両氏に参加してもらうことに。それがつまり最終的にこんな本の形につながったというわけです。と、そのあたりは前作の『短歌はじめました。』に詳しく書いております。本書はそれに続く文庫第二弾で、わが学友たちもいちばん油の乗ってきた時期、それぞれの口から万国旗のように色とりどりの名歌珍歌が溢れ出していた頃のものが丸ごと収録、楽しく厳しく批評、指導されている一冊と言えるかもしれません。

新たに最近のお題「自慢する」「夏の思い出」をめぐる語り下ろしを加えました。時を少しだけ経た同人たちの上達ぶり、はしゃぎっぷり、個性の発揮のさまもお楽しみ下さい。毎回美女から寄せられた挿画も。

そしてあなたも本書上で私たちの旅行にぜひご参加を！　できれば一緒にお題への挑戦も。どたばたなれど、きっと滋味深い旅になると思います。

何より引率の両先生、そして級長は定評がありますゆえ。

「猫又」主宰・沢田康彦

目次

イラスト・山上たつひこ（漫画家）

＊本文中、◎○△（優良可）マークは、上が穂村選、下が東選です。
＊詠み人の年齢、職業等は、その短歌が詠まれた時点のものです。

嫉妬

イラスト・眞行寺君枝（女優）

嫉妬したことありますか？　ない？　このウソツキ！

ものすごくストレートだけど、抽象的なお題です。当然のことながら、愛憎カンケイの歌が多くって、イメージの広がりようのないお題だったかもしれません。けれど、同人たちは果敢にも、いろんな嫉妬を見つけました。赤ちゃんの嫉妬。猫にする嫉妬。太陽にする嫉妬。

まあとにかくいろいろうずまいています。

穂村＆東の選【嫉妬】17首＋4首

◎◎ゲーセンの音に紛れて放心しこんなにモグラを殺してしまった　長濱智子

△◎背中から愛されても消えぬウニみたいなかたちが横隔膜に　春野かわうそ

◯愛こめてどうか不幸であるように君無き春の我無き君へ　吉野朔実

◯◯ダイヤルをじっとみつめる午前2時あなたも一人ぼっちならいい　鶴見智佳子

◯◯不在にてバッハのピアノ音が階段の昇り降りにぞ聞こえる夜よ　ねむねむ

◯◯幼児期に〈赤ちゃん返り〉でかわされし嫉妬の原石抱え持つ我　本下いづみ

△△妻大学生できちゃった婚でと照れる坊やに焼肉おごる昔を泣き今を乾杯！　柴田ひろ子

△夢さめてなお夢に泣く朝あらば夕べ嫉妬をのせて輝く　東直子

△我が夢に巣くいしピカソの泣き女いくらわめけど朝空は平らか　那波かおり

△カモミール湯舟に溶けて消えてゆく思いいろいわたしはわたし　小菅圭子

△幼な子の君が見ていた太陽を知る人々とまだ存在せぬ我　湯川昌美

△道ばたのネコをかまうその背中ににゃあにゃあうそ鳴きしたけどだめだ　鷲まなみ

△私よりあの子かばった今一瞬、黒い塊みぞおちに出来る　坂根みどり

△「あ、妬いた？」「何を？　しいたけ？　炒めたわ」「ふうん、そうかあ」「なにがそうかよ‼」　本下いづみ

△愛人と夫の「時」が作りしは我が子宮内の癌細胞なり　本下いづみ

△「僕なんか嫉妬しちゃうな」そんなこと素直に言える君だから好き　大内恵美

△「ずいぶんね！」ひれ伏して泣き気がつけば　はだがづばっでぐるしい「しっど」　本下いづみ

＊

【ホラーシリーズ／リングを詠む】

△○プログラム静かな静かな井戸の中　輪っか描いてた爪のない指　ねむねむ

＊

【自由題】

△◯　昔からこういうものが好きでしたかさかさまつかさぴかぴかどんぐり　鶯まなみ
◯　引き出しに再びしまうお年玉父十三回忌　天高し　さき
△　冬の花しおれることもないままに日を追うごとに色うすくなる　鶯まなみ

＊

沢田　穂村さん、今回は◯がふたつとケチくさいですね。
穂村　正直言って「嫉妬」は低調だったもので。
沢田　お題が難しかったのでしょうか？
穂村　難しかったんでしょうね。感情が規定されてしまいますから。「きいろ」やこのあとの「べたべた」みたいに、どの角度からも入れるというんじゃなくって、「嫉妬」というのはすごく限定的なものじゃないですか。限定されると弱くなりますね。『短歌はじめました。』で扱った「クリスマス」がそうだったように。
東　感情の足元を握られていてすぐには動き出せないテーマですね。短歌はエモーションの文学というところがあるから。
沢田　ではまず唯一の◯ふたつ作品から。

ゲーセンの音に紛れて放心しこんなにモグラを殺してしまった　（長濱智子　25歳・食堂店員）
穂村◯　東◯

穂村　「嫉妬」というタイトルから若干離れているかもしれませんが、非常に面白い歌ですね。モグラ叩きを歌っていると思うんですけど、自分でも思わぬ行為をやってしまったと。ただ、ぼくなら、《放心し》のところを「いつのまに」にするかな。「いつのまにこんなにモグラを殺してしまった」というのは、日本語として不安定で、もしかすると間違った使い方なのかもしれないんですが、なぜそうしたかったかというと、これ《放心し》と言葉で言っちゃうと逆に読者は「けっこう醒めてるんだな」って感じちゃうんですよね。そこを「いつのまにこんなに」とぐらぐらした表現で持っていった方がいいのでは、と。

沢田　《放心し》で自分に対して客観的になってしまっているということですね。

穂村　はい。距離があるんですね。《放心し》というふうに自分の姿が見えるってことは。それに対して「いつのまに」というのは自分の行為が見えなかったと。

東　《こんなに》《してしまった》という口語表現で、すでにその放心感が出てますもんね。ただ「いつのまに」というのも説明的、って感じもしますが。私なら、もっとあいまいにするかなあ……。

穂村　「いつのまに色とりどりのモグラの死骸」みたいにもできるかな、とも思ったんですけど。

沢田　すべての殺人者は殺害のあと、こんなふうに「殺してしまった……」って呟くんでしょうね。まるで全然自分のせいじゃないみたいに。

東 なるほど。ここでは、女の子の怖さがとてもよく出ていますね。ちゃんとユーモアまじりで。「猫又」の人はユーモアを得意とする人が多いなあ。私はあまりそういう表現ができないんで新鮮です。

沢田 ギャグに走りがちなのはビギナーの特徴かも。

東 うーん、照れかくしのギャグはやらない方がいいと思うけど、この歌のようにユーモアと憎しみが結びついたときにはとても力を発揮するのではないかな。ユーモアのエネルギーは高いです。

背中から愛されても消えぬウニみたいなかたちが横隔膜に

穂村△　東○　（春野かわうそ　42歳・フリーライター）

東 胸にあるわだかまりのような嫉妬を《ウニみたいなかたち》と捉えて、《横隔膜》という、普段は忘れているけれど、あるときとても思い出されてしまう場所に《消え》ないという。ユニークな比喩ですが、実感があって心に残りました。

穂村 そうですね。《ウニ》《横隔膜》という組み合わせが面白い。オーカクマクか（笑）。

東 しゃっくりするときに思い出す臓器なんですけど。

穂村 これ読んだだけでは、「嫉妬」の歌とは分からないかもしれないなあ。

東　構造が少し難しいかな。《背中から愛されても》か。普通の愛じゃないな、と。むしろ「嫉妬」という感情に限定しない方が歌として広がるかもしれない。

穂村　そうですね。《背中から愛され》るというのは、ある種の安心感の表現だと思うんだけれども、それでも《消え》ない何か黒いものが残る……そういうことなんでしょうね。

東　本下いづみさんがいいコメントを書いてらっしゃいます。「詠み人は嫉妬において、かなりの熟練者とお見受けしました」（笑）。

愛こめてどうか不幸であるように君無き春の我無き君へ

穂村○　東　（吉野朔実　40歳・漫画家）

沢田　「猫又」でも八票入った人気歌です。まるで「嫉妬」の定義のような歌ですね。

穂村　これ、最初にいちばん上に《愛》で始まって、最後に《君へ》で終わっているんですけど、極端に言ってしまうと「愛を君へ」というのとほとんど同じ内容だと思うんですね。それを、この二語の間に感情を言葉で折りたたんで折りたたんで一首の形にしている。この歌を作った側の人にはそれだけ感情やエネルギーを使って言うだけのものがあると思うんですけど、それに対しておそらくここで言われている《君》の側は、全くそういうエネルギーをこの時点で持ってないんだと思う。そんな思いの不均衡というのが「嫉妬」というものの本質じゃないのかなって気がして、この歌はいいと思いました。あと一ヵ所、途中で入っている《春》も効いている。ほかのどの季節でもなくて、《春》に思うという選択がうまくいっていると思いました。

東　《君無き春の我無き君へ》というのはとっても凝った表現ですね。穂村さんの丁寧な解説でいい歌だということがよく分かりました。初見で《どうか不幸であるように》が目立ってしまってよくある感情かなあ、と流して読んでしまいました。

我が夢に巣くいしピカソの泣き女いくらわめけど朝空は平らか

穂村△　東　（那波かおり　41歳・英米文学翻訳家）

穂村　これは《巣く》うという言い回しが効いていると思いました。《泣き女》が《夢に》《巣く》うという。濃い感情を示すやり方としてとてもよいのではないでしょうか。

東　「病巣」なんて言い方があるように、「嫉妬」が《巣く》っちゃったんですね。それも《ピカソ》の絵の姿で。面白いなあ。体の外の世界とのコントラストも効いている。嵐の前の……という感じで。

カモミール湯舟に溶けて消えてゆく思いいろいろわたしはわたし

穂村△　東　（小菅圭子　42歳・主婦）

沢田　こういうふうにひとりごちて、いろんなことを諦めていく女性って多いんだろうな。

穂村　《湯舟に溶けて消えてゆく》が、《カモミール》と《思い》をつないでいるという形ですね。《溶けて消えてゆく》のはお風呂に入れた《カモミール》なんだけれども、同時にそれは《思い》でもある。このへんは普通の散文ではあまりない形なんですけれど、短歌ではこういうふうに言葉を次の句に微妙につなげていく語法があるんですね。序詞的と言いますか。

沢田　ジョコトバ？

東　たとえば、

あしひきの山鳥の尾のしだり尾のながながし夜をひとりかも寝む　　柿本人麿

ってやつですね。《あしひきの》から《尾の》までが全部《ながながし》にかかっている。この部分が「長い」ということを引き出すための序詞です。

沢田　結局、この人は「一人寝の夜は長い」ということしか言っていないのかな？

東　そう。でも確かに「長い」と感じさせる。跳ぶための助走のようなものですね。意味と切れた使い方が多いです。

沢田　現代短歌ではどんな例がありますか？

穂村　たとえばですね、

あけがたは耳さむく聴く雨だれのポル・ポトといふ名を持つをとこ　大辻隆弘

沢田　面白いですね。《ポル・ポト》が雨の音になっているんだ！

穂村　ただ、「カモミール」の場合は、上から一応意味的につながっているんで、いわゆる《〜雨だれの》までが《ポル・ポト》という音を引き出すちょっと珍しいパターンです。

「序詞」とはちょっとちがうんですけど、でもまあそのバリエーションかな。

道ばたのネコをかまうその背中ににゃあにゃあうそ鳴きしたけどだめだ

穂村△　東（鶯まなみ　24歳・女優）

穂村　こちらも本下さんの評で、「今回のお題、ついドロドロの嫉妬を追いかけてしまいがちでしたが、こんな日常の幸せなヤキモチがあったんだと気づかされました。《だめだ》が大変かわいい」というのがありましたが、そうですね、この《だめだ》って表現がとてももうまいんですね。この言葉、感情の情報量が非常に多いんです。ひと言なんですけど、こうやって《だめだ》って言われただけで、読者がみんな分かっちゃう。作者はどういう感情を語っているのかということをうまく復元できるっていうのかな。同じ感情を日常の言語で説明するとなると相当の分量を必要とするところをうまくひと言で表した。

東　二句目が字足らず、三句目が字余りですね。

穂村　そうなんです。ここ、もうちょっと滑らかにできるような気がするんですけど、ちょっと思いつかないんですよ。「背」とか「せな」という言い方をするのはやっぱりまずい。ここはそのまま《背中》で行きたいんですよね、この内容からすると。でないと《だめだ》につながらない。無理に音数を合わせるなら、「道ばたの子ネコをかまうそのせなににゃあにゃあうそ鳴きしたけどだめだ」なんてやり方もあるんですけど、この「子ネコ」というのもよくないと思うんですよね。やっぱりここも《ネコ》の方がいい。

沢田　大ネコであってほしいですね、この光景は。色っぽいメスネコ（笑）。

東　そうですね。そうでないと、《だめだ》が効いてこない気がします。

沢田　それから「そのせなに」も確かに音数は合うけど、なんだか「唐獅子牡丹」になっちゃいますもんね。「せなで泣いてる唐獅子牡丹」。

穂村　そうなんです。「背に向けて」の方がましかな。

沢田　鶯さんは、口語しか使いたくないらしくって、だから「われ」とか「なり」とかは拒否してるそうです。そうすると、たとえばこういう字数合わせのキャパシティが半減してくるのではとよけいな心配をするのですが。

東 鶯さんの歌は、わりと昭和三十〜四十年の牧歌的な、どこかの田舎の香りのするものが多くって、だから文語は決して合わなくないし、うまく使うと可能性は増えていくとは思うんですが。ただ、発想が日常生活からの自然発生的な感じがあるから、どうしてもそのまま口語で詠みたいという気持ちもよく分かります。ツクリモノは読まないぞ、という意志を感じます。この《だめだ》って表現もほんとに自然に生まれてきたって感じがします。

日常のヒフはがれる時うじゃうじゃ出るわい鬼百匹

穂村 東 （馬場せい子 39歳・アートディレクター）

穂村 この歌は、《うじゃうじゃ出るわい鬼百匹》という表現が面白いんですけど、ちょっと気になるところがあって、頭の《日常の》という表現ですね。こう書いてしまうと、これはもう初めっから観念の領域の出来事であるということが伝わってしまうと思うんですよね。本当の《鬼百匹》じゃなくって、そういうようなキタないものをみんな抱えているでしょ、っていう話なんだなあってことが分かっちゃう。だからそこのところをたとえば、「鼻のあたまの」にするとかして、具体的なものを選んでいった方がよりコワいんじゃないかなって思うんです。

沢田　リアルなもので限定していった方がイメージが広がる……短歌って不思議な世界ですねえ。
東　部分を細かく描いてイメージをふくらませる。短詩型だからこそできる技のひとつじゃないかな。
穂村　《鬼百匹》というのも、この《百匹》がきちんとした普通の数すぎてですね、じゃ「九十九匹」なのか「九十八匹」なのかは分からないのですけどね。そういう合わないような数にした方がいいと思います。ぼくはこういうのも限定していった方がいいって考え方なんで。
東　うーん、でもここでは「百」でいいような気もするな。「九十八」とかすると作りすぎ、って思う。
穂村　どうでしょう、「百匹」ではちょっと観念的すぎませんか。たとえば先ほどの、「背中から愛されても消えぬウニみたいなかたちが横隔膜に」の《ウニみたいなかたち》で《横隔膜に》存在するって書いた方が説得力を持つのではと思うんですよ。
東　《百》という言葉の持つ、「もうこれ以上数えられない、いーっぱい」という意識として読むのでこれでいいかな、と思ったんですが、《うじゃうじゃ》でそのへんは出てるかもしれませんね。

ダイヤルをじっとみつめる午前2時あなたも一人ぼっちならいい

穂村　東○（鶴見智佳子　33歳・編集者）

沢田　東さん、○です。
東　《あなたも一人ぼっちならいい》という短いフレーズの中に微妙な関係性がよく出ていて、作者の現在の気持ちのありようがじわじわ伝わってきましたね。かつては同じ時間を持てたらしいこと、自分は今《一人ぼっち》であるということ、今は相手の消息が分からないということ、相手も自分と同じようにさびしい思いをしていてほしいという切ない願い……そういう感情をいろいろと感じさせていただきました。
沢田　状況が浮かびますね。
穂村　《ダイヤル》というのは電話でしょうか？
東　かかってこない電話を見ているのじゃないかな？
穂村　でも時計の文字盤も《ダイヤル》って言うから。《じっとみつめる午前2時》だと、そうもとれますよね。
沢田　あと、《あなたも一人ぼっちなら》まあ《いい》許す、ってとり方もできますね。

不在にてバッハのピアノ音が階段の昇り降りにぞ聞こえる夜よ

穂村　東〇（ねむねむ　27歳・会社員）

東　恋人の不在のときの不穏な心を《バッハのピアノ音》で表した表現は秀逸。《階段》という場所の設定も緊張感があっていいなと思いました。

沢田　これ、実はぼくの読み間違い〜写し間違いで、もとは《聞こえる部屋よ》だったんですけど。ねむねむさん本人は、やっぱり《部屋よ》の方が乾いた感じがあっていい、と主張していますが。

東　全然変わりますね。急に音質が変わる。

穂村　ぼくは《夜》の方をとりたいかな。

東　うん、《夜》の方が音が響く感じがあっていいんじゃないかなあ。主宰、無意識に赤を入れちゃったんですね（笑）。

沢田　（ぱちぱちぱちぱち）ねむねむさんに報告しておこう。

東　《ぞ》で強調された嫉妬、なかなか格調高いですね。

穂村　でも、どうなの？　この《ぞ》の使い方、いいのかな？

東　えっと、《ぞ》を受けた活用形は連体形になるから、この場合は《聞こえる》という連体形にかかっているので文法的には問題はないと思います。おお、聞こえるぞ、と強調しているんですね。ただこの歌は全体に文語調だし、《ぞ》という文語にかかるわけだから、《聞こえる》という口語遣いは変な気がします。文語で《聞こゆる》にした方がいいと思います。

妻大学生できちゃった婚でと照れる坊やに焼肉おごる昔を泣き今を乾杯!

穂村△　東△　（柴田ひろ子　37歳・会社員）

沢田　穂村さんも東さんも、このめちゃめちゃな歌に△をつけていますが、どういうわけですか？

穂村　プロには絶対ありえない歌だということがひとつと（笑）、これ意図的じゃないかな……単に長いだけじゃなくってある種のリズムがあるような気がするんですよね。いくらなんでもこれを長いと感じないわけがないと思うし。

沢田　《できちゃった婚》とか《焼肉おごる》とか、リアルな歌ですね。

穂村　《焼肉》ってのがいいですねえ。普通、もっとおしゃれなものに持っていくんだけど、こういう方が世界が見える。

東　なんか、すごく早口でしゃべったって感じ。早回しで言ってる。

穂村　うん、早回しっぽいですね。

沢田　早回し？

穂村　前半は《坊や》が言ってるんでしょ。自分の《妻》はまだ《大学生》でつまりぼくたちは《できちゃった婚でと》《坊や》が《照れ》ているところに、私が《焼肉》を《おご》ってあげて《昔》はあんなことこんなことがあってつらかったわねえ、でも《今》はあなたは幸せでそれに《乾杯》しましょうね、っていうふうな歌ですね。

沢田　この《坊や》は元ボーイフレンドでしょうか、年下の。

東　たぶん。お題は「嫉妬」ですから。

沢田　ちょっとヤケッパチ感がある。それこそビビンバまで食べて、焼肉屋から酔っぱらって帰ってきて、そのまま詠みました風。主宰としてはもらったとき、こんなのボツにしたれ、って強く思ったんですけど（笑）。

穂村　定型を守りましょう（笑）。

東　まあでも、ここまでやればいいですよ。これをキチンと定型で歌われても困る。

穂村　そうだなあ、短歌においては〝エネルギー感〟というのは実は万能なところがあるんですよ。

沢田　うん、エネルギー値は高いなあ。次の本下さんの、可笑しい。一見長いですが、こちらはちゃんと定型守っています。

「あ、妬いた？」「何を？　しいたけ？　炒めたわ」「ふうん、そうかあ」「なにがそうかよ!!」
穂村△　東　（本下いづみ　39歳・絵本作家）

東　大胆ですね。五七五で会話すると妙にリズムよくて、からっと笑えますね。お約束的コメディ見ているみたい。こっちのも面白いですよ。△でとりました。

「ずいぶんね！」ひれ伏して泣き気がつけばはだがづばってぐるしい「しっど」
穂村　東△　（本下いづみ　39歳・絵本作家）

沢田　こちらも企画ものですね。

東　うらやましいな、こういうの詠めるのは。本下さんのギャグは、言ってやろうじゃないの！　という力強さがあっていいですね。逃げないというか。

私よりあの子かばった今一瞬、黒い塊みぞおちに出来る
穂村△　東　（坂根みどり　37歳・主婦）

沢田　いちばん素直な「嫉妬」って感じがしました。《黒い塊みぞおちに出来る》という字

余りのたどたどしい表現がかえって嫉妬の気持ち悪さを表しているようでうまくいっているのではと。穂村さん、△。

穂村　こういう歌、直せないんですよね。リズムをなめらかにするのなら「私よりあの子かばった一瞬の黒い塊みぞおちにくる」みたいな感じかなって思うのですが、やっぱりエネルギー値が落ちちゃうんですよね。だから、この形でいいのかな、と。

東　《今一瞬》という語は動かしたくないですね。

沢田　「嫉妬」というと、たいてい対象が相手のつき合っている別の男性なり女性であったりするのですが、そうはしないと努力した歌もありました。さっきの「ネコをかまう」なんかもそうですが。

赤ん坊寝かしつけたる母の背に手を差し伸べたまま眠る長女は

穂村　東　（本下いづみ　39歳・絵本作家）

東　子どもも嫉妬するんですよね。切ない……。全国の長男長女はきっと共感しますね。

沢田　次の湯川さんの歌の「嫉妬」はスケール大きいです。

幼な子の君が見ていた太陽を知る人々とまだ存在せぬ我

穂村△　東　（湯川昌美　25歳・編集者）

東　これ、「嫉妬」の歌ですか？
穂村　つまり、時間の共有ができていないってことでしょう。年齢差があって。
沢田　年齢差は関係ないかも。ただ、そのときはまだ出会ってなかったと。
東　この歌、本当に《君》のことが好きなんだなってことが伝わりますね。
穂村　そうですね。全存在が好きなんだな。
沢田　誰かを好きになったら、その人の昔、自分が知らなかった少年少女だったその人にも会いたいって思うこと、確かにありますよね。それを、《太陽》まで持ってきたところが非凡ですよね。ところで、「嫉妬」、東さんからも二首いただきました。

嫉ましきふたりの背中傾けば吾に染みこむ遠いささやき

穂村　東　（東直子　36歳・歌人）

夢さめてなお夢に泣く朝あらば夕べ嫉妬をのせて輝く

穂村△東　（東直子　36歳・歌人）

沢田　「嫉ましき」の歌についてですが、寸評名人・本下さんによると「遠くでも飛びこんでくるふたりの後ろ姿。悲しいその距離空間。にもかかわらず、直接《染みこむ》ような《ふたり》の《ささやき》。《吾》の気持ちが、私にもひたひたと染みこんでくる心地がします」。そうなんですね、「嫉妬」って、「距離」があるから生じるものなんですよね。

穂村　東さんは嫉妬深い方ですか？

東　え、いきなり!?　うーん、あまり嫉妬深くはないと思うけど、昔、ある日失恋したときそういう感情になっていてすごくびっくりしたことはありますね。

穂村　ずいぶん時間差がありますね（笑）。普通、失恋の前に嫉妬の感情なんてさんざん味わうものでしょう。

東　そう、トロいのです。嫉妬することもなくボンヤリしていたら、突然来たのです。

穂村　なんで失恋したの？

東　今日はそういうことを発表する会ではありませんので（笑）。

沢田　意外と「嫉妬」盛り上がりましたね。

東　面白い試みでしたね。たんに散文で書いていったらミもフタもないものだけれど、短歌で切ると瞬発力の勝負だから、人間がしっかり出ますよね。

穂村　こういう名歌があります。

妻を得てユトレヒトに今は住むといふユトレヒトにも雨降るらむか　　　大西民子

沢田　いい地名ですね。どこか分からない、微妙な土地。なんか条約結んだところ（笑）。

穂村　《ユトレヒト》という言葉だけで、あとは何も言わずに悲しみともなんともつかないものを伝えてきます。嫉妬というよりも浄化された悲しみ、かな。こういうのもありますよ。

出奔せし夫が住みゐるてふ四国目とづれば不思議に美しき島よ　　　中城ふみ子

沢田　下の句で、恋しいとも憎いとも何も言わずに《不思議に美しき島よ》。これでばっさり切られる感じがありますね。

東　《出奔》した《夫》への弾道ミサイルですね。すごい迫力。

べたべた

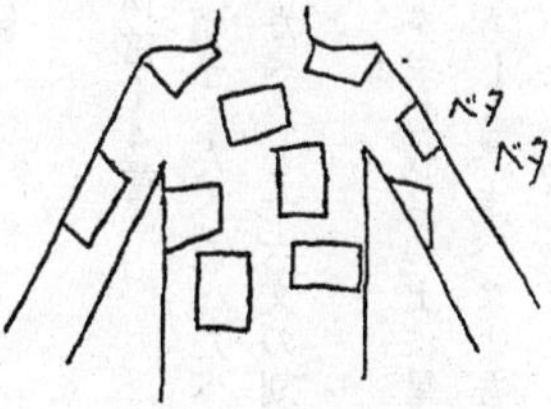

イラスト・陣内貴美子
（スポーツキャスター）

「猫又」初のオノマトペ（擬音）に挑戦の号。

指令は「必ずこの語を入れること」。こういうテーマは、よりみんなが個性というか持ち味というか性癖というか、その人ならではの発想を出してくるもの。

指紋、脂、ハチミツ、糊、のろけ……応募数は少なかったけれど、とても面白い歌が揃いました。キタない歌も多かったな。

穂村＆東の選【べたべた】14首＋4首

◎◎ 幼な子の生命《いのち》力映して窓硝子べたべたべたべたべたべたべた　宇田川幸洋
◎◎ 猛者どもの泣き面の上べたべたと十六文の刻印ありき（ジャイアント馬場追悼）　春野かわうそ
◎◎ 現実かつ真正なベタベタを求む我らの上に星なかなつ　ねむねむ
△◎ べたべたと桜貼りつけ頼もしき暴走バスよ吾を乗せゆけ　本下いづみ
△◎ プリクラは神なき子らの千社札「アイデンティティ」だよべたべたべた　針谷圭角
△△ べたべたと素足で歩く朝6時土踏まずから目覚める一日　大内恵美
○ 本棚に蝿が死んでいた死んだ触手はべたべたとしていない　宇田川幸洋
○ 工作ののりべたべたと付け過ぎて乾かず迫る給食のベル　坂根みどり

○　背中から　べたべたしてもいいかなと聞きながら　もう頰つけている　広瀬桂子

◎　初めての二人で食べたおしるこはべたべたしててなんだかうれし　大内恵美

△「ごめんね」とべたべた詫びるこの女　口が臭くて髭が生えてる　本下いづみ

△　女子部員われに添えけむてのひらの弓おしゆるはべたべたなりし　冷蔵庫

△　年末に　大風邪ひいた　ハナの中にムチャベたべたな　できものできた　大塚ひかり

△　昼下がり電車の扉の謎の脂《あぶら》べたべたの主は今何してる？　湯川昌美

＊

【自由題】

△　閉めきった窓に溜った露につくレースのカーテン黒い斑点！　坂根みどり

△　門松を立てて休業　お昼寝は生死の境さまよう如く　稲葉亜貴子

△　日和には紅白の球の誘い有り老も仲々いそがしく暮れ　桂田不二子

＊

【ホラーシリーズ／クラッシュを詠む】

◎　分離帯超えてわかったぼくたちが肉だったこと液だったこと　沢田康彦

＊

穂村　この回はとても面白かったですね。それぞれがそれぞれのべたべたを見つけて生き生きと表現しているって感じがしました。

幼な子の生命力《いのち》映して窓硝子べたべたべたべたべたべたべた

穂村◯　東◯　（宇田川幸洋　49歳・映画評論家）

沢田　「いちめんのなのはな」って有名な詩の短歌版って感じですね。

東　これ最初新生児室のガラスを思っちゃって、大人が群がっている手……愛のべたべたで曇った《窓硝子》ととったのですが、普通の窓という捉え方がやっぱり一般的でしょうね。

穂村　うん、ぼくは子どもの指紋だと思いました。だいいち新生児のことを《幼な子》とは呼ばないんじゃないかな。「嬰児《みどりご》」とか。

東　そうか……。

穂村　子どもがたくさん動いているというか、窓があるとべたべたの指紋だらけになっちゃう、それが子どもの《生命力《いのち》》の証なんだという。

沢田　ねむねむさん評「《べたべたべたべたべたべたべた》がそのままフィンガープリントに見える。同じ光景を絵に描いたところでこれほどうまくいかないと思います。文字と言葉の作るアートです」。さすがに宇田川さん、映画評論家、という気がします。とても映像的！

穂村　この歌は同じ作者の隣の歌とからめて話したいんですけど、

本棚に蝿が死んでいた死んだ触手はべたべたとしていない

穂村○　東　（宇田川幸洋　49歳・映画評論家）

なぜこれが面白いかというと——実際に死んだ蝿の触手がべたべたしないかどうかは分からないんですが、でも——事実がどうかってこととは別にこういうふうに書かれると、書かれた以上のものが見えてくるところがある。それは何かっていうと、生の本質みたいなもの。要は生きてるということは《触手》が《べたべたとして》ることなんだと。で、隣の「幼な子」の歌は、正にその反映が歌われていて、子どもは大人よりも元気で《生命力》に満ちているということが、《窓硝子》を見たとき大人の指紋よりもはるかに子どもの指紋の方がべたべたとたくさんついていることから見てとれるということ。《蝿》の《触手》というちっぽけなものから実際に書かれた以上のものが見えてくる感覚が非常に面白いと思いましたね。

東　《生命力》と《べたべた》をくっつけたところにイメージの広がりがあるんですね。

沢田　生命力と書いて、「いのち」と読ませるのはいかがですか？

穂村　気持ちは分かるんですが、なるべくならこれも避けたいと思いますね。

沢田　としたら、どんな処理を？

穂村　……ただ「生命」としたんじゃ弱いしなあ。「いのち」と、かなにひらくかな。

沢田　プロの短歌で、こんなふうに同じ語を並べている例はあるんですか？

東　この例とはちがうかもしれませんが、

A・Sは誰のイニシャルAsは砒素A・Sは誰のイニシャル　穂村弘

とか、

ボールペンはミツビシがよくミツビシのボールペン買ひに文具店に行く　奥村晃作

という面白い歌もあります。

沢田　奥村作品は、なんだか「猫又」にあるようなタイプの歌だなあ（笑）。いいんですか、これで？

穂村　《ボールペンはミツビシがよく》という根拠の分からない思い込みと行動が直結するコワさ、でしょうか。

沢田　でも、そういう根拠のない思い込みなら、うちの同人には負けない人、ごっそりいるんだけどなあ。

東　思い込みは大事にした方がいいですよ。奥村さんの歌は見本としてぜひ読んでもらいたいです。

不思議なり千の音符のただ一つ弾きちがへてもへんな音がす　奥村晃作

「東京の積雪二十センチ」といふけれど東京のどこが二十センチか
次々に走り過ぎ行く自動車の運転する人みな前を向く　〃　〃

沢田　これは思い込みというより、事実ですね。でもどれもつっこみたくなるような歌。

猛者どもの泣き面の上べたべたと十六文の刻印ありき（ジャイアント馬場追悼）

穂村○　東○（春野かわうそ　42歳・フリーライター）

穂村　これも、こう書かれることで見えてくるものがあって、『短歌パラダイス』の中で、小池光さんが「（現実の出来事を）言葉で組織化したとき、それとはまったく別種の風景がぽんと見えてくる」っていう言い方をされていて、この短歌にもそういうところがある。つまり馬場っていう言葉、その存在をキーにして世界を異化している。ここでは戯画化していると思うんですね。どこが面白いかというと、《泣き面の上べたべたと十六文の刻印》があるって言ってるんですけれども、現実にはやられた方はずっと《泣き面》でいるわけじゃないし、《刻印》みたいにずっと足跡が消えないわけでもない。ところがこう書くことによって、ある永遠の《泣き面》の上に永遠の《十六文の刻印》があるような、そういう永遠性が立ち上がってくるんですね。一回押された《刻印》っていうのが、ずっとその《泣き面》の上に巨大な足跡として残っているようなイメージ。その永遠性というのは何かっていうと、結局馬場を悼む気持ちっていうのか、馬場という人がいたということが永遠なんだという気持ちが書き手の中にある。それでこういう表現を生み出せたんじゃないか。そういう意味で、短歌というのは現実とはちがう景色、風景みたいなものを立ち上げていくことができる詩型なんです。それに関連してもうちょっと言っておきたいんですけど、自由題の方で、

日和には紅白の球の誘い有り老も仲々いそがしく暮れ

穂村△　東　（桂田不二子　82歳）

という歌がありまして、私は△でとっているんですけど、これ《日和には》という入り方も面白いんですが、《紅白の球の誘い有り》ということで、おそらくゲートボールかなんかのゲームの《誘い》が天気のいい日にはあるということを詠ってるんだと思うんです。ただこういうふうに言葉で組織化されるとですね、《紅白の球》そのものに誘われているような感じがするんですね。なんでそんな無理な読み方をしなくちゃいけないんだ、って言われるかもしれないけど、実はそれがとても大事なことなんです。そこに見えてくる景色っていうのが、いわゆる私たちが生きている現実の外側にある景色だと思うんです。そこでは《紅白の球》が自分を《誘い》に来る。短歌っていうのは、

私の考えでは、そういう現実の外側にあるもうひとつの世界を補強するように読みたいし、書くときはそれを立ち上げるように書きたいと。面白さの種類というのもいろいろあって、ギャグやだじゃれ、風刺、ほかに何でしょう……そういう表現された面白さの中には、今私たちが生きている現実を補強するように働く面白さが多いって思うんですよね。それは一見するとすぐに分かって面白いように思えるんですけど、ただ短歌でそういう面白さを求めても、結局のところマンガとかドラマとかね、そういうものの方がずっと面白いわけですよ。テレビのCMなんかにも絶対に勝てないですね。

沢田　分かりやすくするために、その「現実を補強するような面白さ」をねらって、うまくいかなかった短歌の例はないでしょうか？　うちの「猫又」なんかで。

穂村　そうですね、えーと、

「ママったらビューティーペアに似てるって。」五十四歳無知の幸せ
穂村　東（小矢島一江　22歳）

富士を観てひとこと「アレはなんて山？」。いるんだってさバカかおまえは
穂村　東（篠原尚広　27歳・編集者）

確かに面白いんだけど、それは短歌の外にあらかじめ存在する面白さ、というのかな。そして《無知の幸せ》《バカかおまえは》の結句によってその現実は確定されてしまう。

沢田 なるほど。

穂村 短歌が目指していく場所っていうのは、そういう現実の中にあることを面白がるっていうんじゃなくって、今は自分の目に見えてないものを言葉で掘り出す方向に行かなくちゃいけない、と思うんです。「日和には」の歌の作者がどこまでそういう感覚を意識したかってことは分からないんですけど、でも《日和には紅白の球の誘い有り》って書き方は平凡な書き方じゃないですよね。同じことを表現しようとしたときにこういうふうにはまず書かないだろう。その点で、面白いって思ったんです。だからさっきの「蠅」の歌もそうなんですけど、そういうふうに書かれたときに現実の外側にあった風景が立ち上がってくるような歌がいい歌で、さらには読み手もなるべくそこを補強するような読みをしたいものですね。

東 でも、読み手がそこまで「補強」するべきなのかなあ。穂村さんの読みは綿密で、その読みによって感動できるけど、普通の読者はそこまで親切じゃないと思う。送り手は形を整えて読みどころをある程度理解されるために努力する必要もあると思うんだけど。

穂村 うーん、確かにつまらない歌だったら、読み手は入っていく意欲を失うんですよね。そういう意味では東さんがおっしゃる通り、完全に料理されて口に運ぶだけになっているのがいいのかもしれないんだけど、逆に言うともしもそこに何かがあれば読み手は入っていくだろうと思うんです。前作『短歌はじめました。』で紹介した「遮光土偶の次なる人は西田幾多郎なり教科書の中でメガネかけているのは」の歌なんかも、ぼくは相当無理して体を入れた読みをしたと思うし、それは強引な読みだと言われればそうかもしれないけど、そこに短歌の活路があると思うんです。もうひとつ別の角度からも同じことを言っておきたいんですけど、たとえば料理して口に運ぶだけにしようという場合、しばしば5W1Hというものを押さえに行っちゃうんですよ。どこで誰が何やったってことがきちんと歌の中に含まれている方が食べやすいからそれを押さえに行っちゃう。でも東さんも経験的にご存じだと思うんですけど、短歌の場合、それはよくないんですね。むしろ意図的に5W1Hをぼかすとか、たとえば先の《放心し》って表現のような、ああいうはっきり意識が出てくるところをぼかしたいとか……まあこれからも実例がたくさん出てくるんでそれに即して言っていきたいと思うんですけど、そういう、散文的な料理っていうのと、短歌における口に運びやすさっていうものは実はちがうし、なおかつわざわざ殻を剝いて食わなくちゃならないものでもそれがすごく美味であれば、読者は食べるはずだと。

沢田　剝くことも喜びですからね。

穂村　蟹とかね。自分で剝く方がおいしい。

沢田　きっと味わい方にはかなりの個人差があるんでしょうね。

東　分かりやすくいえば、謎があってもいいって感じかな。謎ありすぎてもわけが分からなくなりますが。組み立て方としては、分かりすぎてつまらないとならないように……。私の歌もよく「5W1Hがない」と言われたりしています。

沢田 具体的には、どんな歌ですか？

東 たとえば、

遠くから見ているからね紫の帽子を被って走りなさいね　東直子

って歌があるんですけど、井辻朱美さんという翻訳の仕事もされている歌人が、同人誌『かばん』で私の特集をやったときに「この歌では、『いったい誰が誰を見てるのか』『場所はどこなのか』『どういう心境を歌ったものか』が特定できなさすぎるじゃないか」ということを書いています。その通りなのですが、私としては、そういうところから立ち上げていってもいいんじゃないかな、っていうのがずっとあるんですけど。

穂村 運動会の我が子が何とか、って情報を一切とってしまった結果ってことですよね。

沢田 そうか、運動会か……。他人の短歌を読むとき、たくさん推理しなくちゃいけないところが面白いと、最近思うようになりました。

穂村 そうなんですよ。「詠む」こともそうですが、「読む」「読みとる」って能力も非常に大事なんですよ。「ホラー映画『クラッシュ』を見て詠む」の、

分離帯超えてわかったぼくたちが肉だったこと液だったこと

穂村○　東○　（沢田康彦　42歳・編集者）

っていう歌も、これも絶対にイメージをひとつにはしぼれないって思うんですよね。つまり事故か何かで現実の《分離帯》を《超えて》ばらばらになってしまった映像がまず浮かぶけれど、その《分離帯》というのが本物の道路の中央分離帯なのか、それとも「生死のライン」という意味で言っているのか、それとも誰かが評していたように「性の歌」……セックスの一線っていうような読みもあるのか、と。

東　ねむねむさん評ですね。この方、評もうまいです。『クラッシュ』を見て詠んだ歌として非常にストライクなのですが、それとともに、一般的な〝性の歌〟としても秀逸なのではと思います。官能のスリルとスピード。二人で超える分離帯。挽肉のように混ざり合い、最後は何かを悟ってしまう。そんな使い古された性の詩的要素が新鮮に盛り込まれ、美しいと感じました」。

穂村　ええ、その通りで、そういう読みを引き出す歌なんですよね。どの読み方が正しいとも特定はできないんだけれども、全体としての感情の高まりというのが、下の句の《肉だったこと液だったこと》っていうところに出ている。

東　生命の悲しみが立ち上ってくるような下の句ですね。

穂村　ただ、この《超えて》って漢字を使うのはどうかな。前にもこの語の話をしたと思いますが、ぼくならおさえて、普通に「越えて」を使うかな。《超えて》の方が抽象度が高くなる。ここは好みの問題ですね。いずれにしても、そういうのを迷うことが大事なんですよね。歌の結果より、迷う感覚が常にあるかどうかということ。ここは「超」と「越」と両方あるな、ということが頭に浮かぶかどうかということですね。常にそういう分かれ道ってあるんですよ。《肉》と《液》の組み合わせが最善なのか、とかね。ここではこれがたぶん最善だと思いますが。「血」とか「水」とかって言い方よりも《液》がいいでしょうね。映画を見ていない人間にも充分この感じは伝わると思いました。

工作ののりべたべたと付け過ぎて乾かず迫る給食のベル

穂村○　東　（坂根みどり　37歳・主婦）

穂村　これは本下さんが的確な評を書かれていました。「瞬間、あせってオタオタする小学生のときの気持ちや、ヤマト糊の匂い、給食の匂いまでもが、よみがえってきました。まったく無理のない《べたべた》ですね」。非常に感情の再現性のある歌で、分かりますよね、この焦る気持ち。おそらく《給食のベル》が《迫る》って表現がよくって、それが焦る気持ちをうまく伝えてくれるんじゃないかな、と。東さんはこの歌どうですか？

東　私、とってないですね。いい歌だと思ったのですが。なんというか、私もどんくさい子どもだったから、この気持ちはとってもよく分かるんですけど、ちょっと全体がつきすぎかな。説明しすぎの感じを受けたんですよ。

穂村　ちょっと5W1Hが強いんだよね。あと《べたべたと》《付け過ぎて》《乾かず》っていうのは、基本的に同じことを言ってるんで、その辺の処理が未完成ですね。情報が多すぎるということと、前に言った動詞が続きすぎるということが気になると言えばなります。

東　こういう郷愁に共感は抱くんですよ。とてもいい素材だからこそ、もうひとひねりほしいですね、たとえば糊のあのイヤな感じの体感だとか。

穂村　ただ《べたべた》の触覚と《のり》や《給食》の嗅覚と《ベル》の聴覚が複合的にできていて、全体としてあの光景を再現しえている歌なんですよね。

沢田　匂いの表現は具体的にはありませんが、確かに匂う歌です。

穂村　ええ匂いますね。だからこれは5W1Hという弱点とは別に、感覚の複合性という面ではとてもよくできているんですよ。

現実かつ真正なベタベタを求む我らの上に星ななつ

穂村○　東○　（ねむねむ　27歳・会社員）

沢田　お二人とも◯でとってますね。カッコいい歌。

穂村　この歌はうまいです。この《ベタベタ》はなんというか、ほかの人の使い方とはちょっと次元をずらした《ベタベタ》ですね。《ベタベタ》というものそれ自体を目的化して抽象的な何かの比喩というのかな、メタファーとして立ち上げている。《現実かつ真正な》という言い方は見事だと思います。あともうひとつ面白いと思うのはこの韻律感で、読むと最後が七五で字足らずのように感じるんですけど、数えると三十一音なんですよね。だから実はこれは音数は合ってる。

沢田　えっ、それは偶然では？

穂村　どうでしょうね。いずれにしてもこの破調は、単にくずれてるんではなくって、内容とうまく照応しているように思えますね。《星ななつ》という、きっぱりした言い方は。

沢田　《現実かつ真正な》という表現は、法律用語で使うらしいです。一瞬意味が分からないけど、カッコよくって厳しそうな表現ですね。

東　清潔な言葉。

沢田　ワーグナーの音楽でも聞こえてきそうな。

穂村　この言葉を持ってきたのはすごいですね。

沢田　《現実かつ真正な》に《ベタベタ》をくっつけた、このコントラストが面白い。

東　《星ななつ》というのも北斗七星に向かって宣言しているみたいです。

穂村　さっきの話にもつながるんですが、通常のべたべたの体感のラインがあって、それともう一本、法律用語っておっしゃったけど《現実かつ真正な》という全然別のところを走っているラインがあって、二本を交差させてその中間地点にもうひとつの世界を作り出す。同じやり方は、たとえばあとの「空」ってテーマでも見られて、

空豆はすでに無くなり枝豆はいまだ現れず末法のビール界

穂村○　東　（針谷圭角　51歳・飲食業）

東　これもどこかに原典があるんでしょうか。「○○はすでに無くなり○○はいまだ現れず末法の世なり」とかなんとか。それを飲み会のビールの歌にしている。これも世界を異化させる手段としてうまいと思ったんです。

沢田　ねむねむさんの「現実かつ」の歌は、しかもしっかりと相聞歌になっています。

穂村　一般的な「べたべた」って言葉、というか他人の「べたべた」を見たり触れたりするのは嫌いだけど、自分たちの「べたべた」はきっとまんざらじゃないんでしょうね（笑）。

それから、もうちょっとしつこく言っておきたいのですが、ぼくが△でとった、

年末に　大風邪ひいた　ハナの中にムチャべたべたな　できものできた

穂村△　東（大塚ひかり　38歳・古典エッセイスト）

この歌、面白いと思ったんですけど、《大風邪》で《ハナの中》が《べたべた》っていうのはまあ分かるんですが、《できもの》って直接《大風邪》に関係あるのかなあ？　こういう経験はぼくもあるかもしれないなあっていうくらいには思うんだけど、みんなこういうふうに書こうとはしないと思うんです。それはなぜかと言うと、キタないから書かないんじゃないんです。何かそれとはちがう理由で現実のバリアみたいなものに阻まれて、こういう場所に意識が向かわないんだと思うんですよ。以前私たちの同人誌『かばん』の中にこんな歌があって、

梅干しの種の繊維を毟りとる舌先を持って生きてきました　田川みちこ

これにもぼくは非常にショックを受けたんですけど、確かに《梅干しの種》には毛が生えているんですよね。それって、言われればなるほど《梅干しの種》というのはコチコチのものではなくって、微妙に毛があるじゃないですか、それをみんな知っているくせに意識化できないんですよね。それも別にキタないからヘンだから意識化できないんじゃなくって、なんか人間の意識にはバリアみたいなものがあって、その先には入れないようにガードされち

ゃってるんじゃないか。これらの歌は言葉でそのバリアの中に入ろうとしてるんです。そこが非常に勇気があるっていうのか、こういう生の次元があるんだっていうことを知覚する努力をしてほしいんですね。「蝿の足」が死んだらべたべたじゃなくなったとか、《梅干しの種》に毛があるな、とか。そういう意識の次元っていうのは実は無限に広がっているはずだけど、それをぼくたちは自分で近づけないようにしているんだってこと。短歌のひとつの醍醐味とか喜びっていうのは、そこのところに入り込んでいく、それはすごく微細なことだけれどとても豊かなことでもあって、もしかするとそれは〝官能的〟と言えるかもしれないくらいだと思う。

沢田　すごいなあ、穂村さん、「大風邪ひいた」の歌にそこまで入り込むっていうのは。

東　子どももなんか特に風邪をひくと粘膜弱くなるからできものができたりするんで、私ははあそうかあ……ってただ読みすごした歌でしたが。

沢田　《年末に》とかってあるんで、報告風ではありますよね。ほうそうですか……って終わらせることもできそうな歌です。近況報告歌。

東　この一字空けはどうでしょうか？

穂村　うーん……この一字空けは特に効いていないような……風邪ひいて息が続かないのかも（笑）。

東　《ハナ》がつまっているときの呼吸のリズムでしょうかねえ。

沢田　この大内さんの歌も、体感的な歌ですよ。

べたべたと素足で歩く朝6時土踏まずから目覚める一日

穂村△　東△　（大内恵美　28歳・中学校教師）

穂村　そうですね。《土踏まずから目覚める》というところに発見がありますね。
東　皮膚感覚による発見。《朝6時》ですから、本当に床が冷たい。足の裏の感覚だけでその空気感も伝わってくる。ムダな言葉がないですね。
沢田　同人評「素足にヒンヤリと床の冷たさが伝わってくるような感触。その感覚が頭まで伝わる間にゆっくりと目覚めてくる感じがとってもリアルです」（鶴見智佳子）。
穂村　世界が実は無限の〝微差〟の集積だっていうのは、たとえば『短歌はじめました。』の中で触れた「レモン色黄色とちがうと主張する6才の姪クレヨン時代」という歌とか、そんなところで発見できると思うんだけれども、そういうのはただぼおっと見ていたのでは永遠に見つからない。体を差し込んでいかないと分からないことなんですよ。
沢田　発見、を意識せよ、と。
穂村　そうです。その発見のためのルート、どういうふうに発見するのかというやり方にもちょっと触れておきますと、たとえば、私が△でとっている自由題、

閉めきった窓に溜った露につくレースのカーテン黒い斑点！

穂村△　東　（坂根みどり　37歳・主婦）

この歌、「猫又」全体の中で見ると非常に妙な感じがするっていうか、こういう歌は少ないんです。なぜ少なくて、なぜ妙な感じがするかと言いますと、ほかの歌はみな〝叙述〟に行っている中で、この歌は珍しく〝描写〟の歌になっているんですよ。

沢田　つまり、ただ《カーテン》が《露》で《黒い》、という。

穂村　はい。一般的に口語っていうのは叙述向きって言われていて、文語っていうのは描写向きって言われているんです。近代の写生歌っていうのは当然文語とセットになっていますから、文語でものを写す、描写するっていう機能なんです。それに対して、近年の口語をベースにした文体っていうのは先の「うそ鳴きしたけどだめだ」とか、ああいうニュアンスを表現するのに適してるんです。そう言われたとき《だめだ》の三文字だけでみんなぱっと分かるじゃないですか、女の子やその感情というものが。

東　しゃべり言葉ですからね。なまの感情をとても乗せやすいんです。

穂村　ええ。でも、この「閉めきった」の短歌の場合、ここで何を言おうとしているのかが分かりにくいんですよ。

沢田　びっくりマークはあるんですが（笑）。
穂村　そうですね、何かを一生懸命言おうとしていることは分かるけど、それが何かはすぐには分かりづらい。でも、それでもここに執着するというのは、やはり世界を発見するためのひとつのルートだと思うんです。
沢田　え？　つまり「描写」にもトライしてみなさい、ということですか？
穂村　はい。たぶんこれ、結露した水滴が《窓に》あって、それが《レースのカーテン》を汚すというのかな、シミなりカビなりをつけてる情景を言ってるんだと思うんですね。それが何かを作者に感じさせているというか、ここではそれは、キタない！　という単純な驚きかもしれないけど、もっと描写を精密にしていくことでそういうシンプルな感情には置き換わらない世界を表現することが可能なんです。たとえば、写生の名手として名高い佐藤佐太郎の作品。

夕光《ゆうかげ》のなかにまぶしく花みちてしだれ桜は輝《かがやき》を垂る　　佐藤佐太郎

夕日の中の《しだれ桜》を描写しているのですが、《輝《かがやき》を垂る》に至って単にキレイという以上の世界の広がりが感じられます。
沢田　なるほどなあ……ただ、それにしても、《黒い斑点》を見つけ、それを短歌に詠んで、それをわざわざ投稿してくるってことはやっぱりすごいですね（笑）。しかもお題でもなんでもないのに。

穂村　ええ。「すごい」ですよね。だから、とりました。でもみんな、キタないもの、好きですよね（笑）。

東　キタないもの表現は、誰のも、とってもエネルギー値が高いですね。

沢田　って言えば、この歌ですよ。

「ごめんね」とべたべた詫びるこの女　口が臭くて髭が生えてる

穂村△　東　（本下いづみ　39歳・絵本作家）

穂村　いいですね。女も《髭が生えて》たりアゴが割れてたりするんですよねぇ（笑）。

沢田　「猫又」では人気歌で、六票もとっています。みんなやりすごせなかったみたい。「これは凄まじい。いったい誰に会ったんだろう？　と脅えさせてくれる逸品」（吉野朔実）。

東　こんな歌がありますよ。

わが口ひげむすめヨーヨーラララこの親しさは嘘に決まっている　飯田有子

《わが口ひげむすめ》が「誰か」への違和感というか、その関係性のニセモノ感を表現しているのだと思います。

穂村　このへんから本下いづみさんの作品、世界に対する〝悪意〟みたいなものが顕著に出てきてます。

沢田　そうなんですよ。何があった？　と主宰としても聞きたくなりました。

穂村　このあたりではまだ単なる悪意なんですけど、後ろの号に進むとですね、その悪意がさらに別のものを呼び込む、つまり「世界に対する悪意」を超えて、今ある世界の外のものを求めるという方向に向かう。あとで触れていきますが、憎悪の扉をばあーんと開けて、その向こう側にあるものに手がかかりつつあるんですよ。

沢田　うーん、進歩というか、進化してるんですね。

穂村　ええ、今の歌はただ憎悪むきだしなんですけど。

東　でも、面白い！

べたべたと桜貼りつけ頼もしき暴走バスよ吾を乗せゆけ

穂村△　東○　（本下いづみ　39歳・絵本作家）

沢田　これは東さんが○、穂村さんが△ですね。

穂村　これ、《バス》が不思議ですね。普通《暴走》したければ、自分で運転できるものを選ぶはずであり、しかも自分一人で行くものだと思うんですけれど、なんで《バス》なんだろう？

東　ほかの人も乗ってる乗物ですよね。そこがいいんですよ。

穂村　その〝道連れ希望〟感というのが不思議（笑）。

沢田　こんなこと考えてる女性とバスに乗り合わせたくないですね。

東　私は、わくわく感があって気持ちいいと思いましたけど。もっと楽しいものに向かって、その思いをみんなと共有しながら、《桜》に象徴される魑魅魍魎というか、そういういろんな小さな魂というものを《貼りつけ》ながら、巨漢の運転手なんかと《暴走》していくというイメージで捉えました。

沢田　うーん、そうかあ……これ、読む人によって、どうにでもとれる歌ですね。ぼくは何かのイヤな原因があってヤケ起こした女、ってイメージでしたね。《桜》の木の下、つまりその先には死さえほの見えるような。

穂村　やっぱり日常からの脱出の希求だと思うんですよね。《吾》を異世界に連れていってくれるのは何かということをたぶんアタマの中でくるくるって考えて、その答えが体中に《桜》の花びらを《貼りつけ》た巨大な《暴走バス》であると。

東　自分で運転しないところ、好きですよ。自分で運転すると悲壮感があるけど、これは他人がドライバーなんで悲しい感じがしない。無責任でいられる楽しさ。

穂村　それからここで、ちょっと蛇足っぽいですけど触れておきますが、この《桜貼りつけ》って表現、本当は「桜の花びら貼りつけ」なんですよね。さっきの、口語が精密な〝描写〟に弱いってことと関わるけど、どうしても口語だと、これが《桜貼りつけ》って表現になりがちなんですよね。たとえば、

筋《きん》傷むまでくちづけるふゆの夜のプールの底に降るプラタナス　穂村弘

この歌で以前批判を受けたことがあるんだけれど、《プールの底に降るプラタナス》って自分では葉っぱのイメージで書いたのですが、これでは木がドサドサ降ってるみたい、という指摘でした。本下さんの歌も、こう書くと桜の木が貼りついているんだ、というふうにも読めちゃうんですよね。文語の短歌で鍛え抜かれた人の感覚からすれば、こんな大雑把な言い方ないだろうっていう。あるいは、

アトミック・ボムの爆心地点にてはだかで石鹸剝いている夜　穂村弘

と書いたときも、「石鹸を剝く」んじゃなくって「石鹸の包み紙を剝く」んだろうと言われました。普段の私たちの日常感覚からすれば「石鹸を剝く」で充分通じると思うんだけれども、やっぱりちがう形で言葉を練り上げてきたプロから見ると、それはぬるい表現ということになるんです。さっきの叙述と描写って観点から、これは口語の一種の弱さなんじゃないかなって思いますね。

東　でも、「桜」の場合はまあいいんじゃないですか。「桜散る」って表現もあるくらいだし。

穂村　はい。《プラタナス》よりは誤読の可能性は低いですね。でも厳密に追求していけば、という話ですから。うーん……でもやっぱりぼくはここは「桜の花びら」で行きたいなあ。他の文字数をけずっても。

沢田　そういえば、穂村さん、ぼくの《携帯》って表現も、それは「携帯電話」のことではないっておっしゃいましたよね。

穂村　そうですね。だから、弱いんですよ、現代語はそういうところが。どうしても表現がちょっとずつだるま落としになっちゃうようなところがあるんです。

女子部員われに添えけむてのひらの弓おしゆるはべたべたなりし

穂村△　東　（冷蔵庫）

穂村　《添えけむ》は「添えたる」かな。ということはともかく、さっきの「給食」じゃないけど、実体験でしょうね。弓道部……和弓か洋弓かは分かりませんが、自分は初心者でそれを習っている際、先輩が形をつけてくれたそのときに《添え》られた手が《べたべた》だったって、それだけの歌だと思うんですけど、これも非常に感覚の再現性のある言葉ですね。本当にあったことだなと思わせる。

東　《弓》って恋心を匂わせる小道具なのでは？　隠して書いてあるけど。《弓》を引く姿って色っぽいですもんね。映画の『時をかける少女』にも出てきたけど。それが《べたべた》だったと感受するところに〝こころ〟があるのですね。

昼下がり電車の扉の謎の脂《あぶら》べたべたの主は今何してる？

穂村△　東　（湯川昌美　25歳・編集者）

沢田　これもキタない歌ですね（笑）。

穂村　でも単にキタない、ああ気持ち悪い、ってだけで作った歌ではありませんね。それなら《主は今何してる？》という問いかけはありえないから、《べたべたの主》を想うことで自分自身の存在が照らし出されている。普通では見えない人間を意識するのは、たとえば香水の残り香とかそういう形以外ではない。でもこれは例外的にその痕跡が残っているわけですよね。たとえば犬だったらマーキングでおしっこの匂いとかがあって、ここをこんなやつが通ったなって、たぶん私たちが見ているのとは全然ちがう嗅覚によって捉えた世界というものを彼らは見ているはずなんです。だけど人間は通常の感覚ではそういう世界は見えてない。でもこの歌はたまたまキタない《脂《あぶら》》の《べたべた》があったために、その時空間をスリップした感覚を生み出すことに成功したわけですね。遠くのものを想うことで「私」が照

らし出されるパターンでは、『青蟬』という歌集の中の、

我を遠く離れし海でアザラシの睫毛は白く凍りつきたり　　吉川宏志

遠い海で《アザラシ》の《睫毛》が《凍りつ》いたっていうのがいったいなんなんだ、と思うかもしれないけど、それによって――はるかな所にいる自分と全然ちがう生き物のしかも《睫毛》が《凍》っているんだっていう感覚を歌うことによって――自分という存在を照らし出しているんですね。もう一首、『未来』という雑誌で目にした、

翼の根に赤チン塗りてやりしのみ雲の寄り合う辺《あたり》に消えつ　　柴善之助

傷ついた鳥を歌ったものだと思うんですけど、さっきまで手の中であったかくて弱っていたものが、今はあんなに遠い所に飛んでいっちゃったって感覚。この「窓の脂」の歌とはあんまりにもきれいさがちがうんですが、でもその《主は今》どこで《何してる》んだって問いかける意識と共通するものがある。

沢田　そういえば、湯川さんは前回の「嫉妬」でも時空を超える歌を詠んでましたね。「幼な子の君が見ていた太陽を知る人々とまだ存在せぬ我」。この歌なんて文字通り、《我》を《太陽》に「照らし出したい」と希っているかのようですね。

プリクラは神なき子らの千社札「アイデンティティ」だよべたべたべたべた

穂村△　東○（針谷圭角　51歳・飲食業）

東　上の句の《千社札》、大発見ですね。《プリクラ》っていうのがその《子》たちの存在証明である、ということだと思うんですが、そこで《千社札》が比喩として出てきたのはすごいと思いました。

穂村　この方、面白いですね。あとでも触れますが、非常に硬派な視線を持っていらして、ある世代の特有の知性という気がします。決まった視線の角度を持っているんで、どんなものを見ても人が意識しないことを摑まえる能力がありますね。

東　ものを見るときに、ぐーっと引いて見る。客観的な捉え方の中から独自のインスピレーションを働かせていますね。

穂村　この方は、ねむねむさんとはまたちがう、別の勝ち方を持っている人ですね。自分のツボに言葉を近づけて勝つ。

沢田　しかも、針谷さんは「猫又」が出たその翌日には次回作品を届けてくる、という希有な方です。見ならってほしいですね。

生きるのか死ぬのかそれは神が知るベタベタはちみつアリ穴に流れ

穂村　東（長濱智子　25歳・食堂店員）

沢田　長濱さん、毎度笑わせてくれます。流すのはおまえだろうが！　とツッコミたくなる歌ですね。大上段に構えて何を歌うのかといえば、《アリ穴》のアリに《はちみつ》を流し込むのだという、マクロからミクロへの視座の移動がドラマチックです。

東　上の句の答が下の句にある。沢田さんがおっしゃるように視座の移動は面白いけど、上の句はもっと自分に引きつけた感情などを描いた方が、切実ないい歌になったんじゃないかな。

冷え込んで寄り添い気温二度上がり街を彩るべたべたの牡丹

穂村　東（外川哲也　30代・会社員）

沢田　《寄り添》った《牡丹》が《街》の《気温》を上げたという歌ですが。

東　《寄り添い気温二度上が》るというのは繊細な感覚でとてもいいですね。全体的にちょっと説明的だけど、真摯な雰囲気が好きです。

門松を立てて休業　お昼寝は生死の境さまよう如く

穂村△　東　（稲葉亜貴子　会社員）

沢田　これは「自由題」ですね。穂村さんが△。

穂村　《休業》はいらないかな。この《お昼寝は生死の境さまよう如く》で正月ということが分かるので、《門松を立てて》っていうのが面白かったですね。普段とっても忙しい人かもしれないし、それでお正月だけ休みがとれてこうなってるのかもしれない……事情はちょっと分からないんですけれど、《門松を立てて》っていう言葉があることで、かなり大げさに思えるあとの《生死の境さまよう》という表現から何か別の景色が見えてくるところがある。《門松》が、何か自分を邪魔するものが入ってこないように結界を張るような機能を持っている、というふうに感じました。

沢田　なるほど、《門松》に魔除け感があるんですね。よく読めば、ヘンな歌だなあ。

東　悪夢にうなされてなかなか目が覚めないような、しかし半分意識があるような、《お昼寝》独特の眠りの感覚がよく出ていますね。

穂村　夜の眠りじゃなくて、昼の眠りというのがまた面白いんですね。

東　それしかし《生死の境さまよう如く》というのは、よくここまで言ったって感じですね。

沢田　コタツを「強」にしたまま寝たんじゃないかな（笑）。稲葉さん、この歌もいいですよ。

ゆきずりの猫からかいし我も又からかわれているゆきずりの猫　　穂村　東（稲葉亜貴子　会社員）

穂村　うん。これもいい視線ですね。

東　ちょっと小林一茶みたい。

瘦せがへるまけるな一茶是《これ》に有り　　小林一茶

穂村　《ゆきずりの》小動物と私。

沢田　まさに猫のしっぽのようなくるんとした、らせん的な文体が、《猫》と《人間》との関係をよく表している感じがしました。気がつくと主従逆転していたりするような。

穂村　《猫》ものでらせん的といえばこんなのもあります。

目の中にふる雪を見ている僕の中にふる雪をみているよ猫　　早坂類

『短歌はじめました。』の、「カラス」の回でお話した、「見る」と「みる」の使い分けの例でもあります。

東　小動物への愛から発して自分の内面のテーマが浮き彫りになっていくってこと、ありますね。

　あめんぼの足つんつんと蹴る光ふるさと捨てたかちちはは捨てたか　川野里子

東　こういう歌があって、《あめんぼ》と《ふるさと》には直接の関係はないんだろうけど、《あめんぼ》がつんつん足を蹴って泳ぐさまを見ているうちに自分の心の痛いところをつかれているような気になったのでしょう。この稲葉さんの「猫」の歌も、猫に自分の内面を見透かされたように感じたところから入っていますね。

えらぶ

イラスト・平野恵理子（エッセイスト）

動詞もやってみよう、の回。

「活用は可、でも必ずこの語を詠い込むこと」という指令です。

参加してもらった東直子さんからのこんな感想が印象的でした。

「〔選ぶ〕という動詞は作歌ではほとんど使ったことがなかったみたいでとても難しかったです。確信的な意志の含まれる強い動詞。つい大げさな感じになりがちでした」。

読者のみなさんもチャレンジしてみてください。これ、確かに、めちゃめちゃ難しいお題ですよ。

お題はほかに「長崎」「かまきり」「キューブ」。

穂村&東の選【えらぶ】16首＋15首

◎◎ ひといひて選びぬ　樹液ひとしずくわが胸の羽虫とらふるより速く　那波かおり

△◎ はずしたらばくはつするかなぱぱとまま「好きな方を選んでいいのよ」　吉野朔実

△◯ こんな日は撰ばなかった道の先「もしも」の匙で掬って溜息　本下いづみ

△◯ どしゃ降りも雪も嵐も選べないまして泣けるほどの青空なんて　鶴見智佳子

◯ 動物屋えらばれぬ子のあし・て・はな・みみ・お・目を見てはならぬ　那波かおり

◯ 君からはつけかえたいその一番に選ばれた鼻がねえいとしいの　長濱智子

△△ 赤い月むしむし浮かぶ夏の夜に君に選ばれし我君に捨てられ　大塚ひかり

△きみに選ばれぬわれがいて電気屋のおかまひとつ選べぬわれもいて　那波かおり
△君帰る　次は知らない　太陽が選んだ町に桜突風　ねむねむ
△仕事柄肌色下着ばっかりでどれえらんでも全くサエない　鶯まなみ
△春物をえらんでいる２週間さきのデイトは水族館にて　稲葉亜貴子
△樹に新芽出始める頃だというのに何を選んで逝くのだろう　近野仁姿
△神様の選びし少女ほのぼのと春のひかりに鞦韆《しゅうせん》ゆらす　東直子
△地に眠りつづけし種の芽吹くごとあなたに告げることばをえらぶ　東直子
△人混みをかきわけ歩くのみの市織部を選ぶ君の目やさし　亀ケ谷さおり
△「先生は選べないから」と嘆く子に「教師も同じ」をぐっと飲み込む　大内恵美

＊

【長崎】
○△びいどろをぽっぴんぽっぴんふきました　帰りまぎわのくろくもの下　鶯まなみ
△まめふぐがぷぷぷとおよぐのみつけたよ　さっそく君にもおしえなくっちゃ　鶯まなみ

＊

【かまきり】
△△おしりからへびがでるから捨てなさい　かまきりを見てばあちゃん言った　鶯まなみ

＊

【ホラーシリーズ／『キューブ』を詠む】

◎◎ 願わくば夢にまで見る安らぎをジェルやムースを手に取ることを　ねむねむ

△○ 外に出たいですか私をおいて出ますか出たらあなたに落ちろ夕月　沢田康彦

＊

【自由題】

○△「空豆の塩ゆで好き」におどる心　崖っぷちすでに　やまだりよこ

△○ 元気かと言いつつ子らのきんたまを摑みしおやじ無くて久しき　まっつん

△△ 抱きたくて声聞きたくて会いたくて五十の恋の春ど真ん中　榊吾郎

△ 君と乗る深夜のタクシー窒息しそう閉じ込められた好き好き好き好き　本下いづみ

△ 馬券舞う下総中山競馬場見果てぬ夢のここ吹き溜まり　榊吾郎

△ 滅ぶなら滅んでもいい春二月君の鼓動を聞く闇の中　榊吾郎

△ かまくらを作れとせがまれ気がつけば日暮れてひとりまだ雪かき集め　坂根みどり

△ 寒いのは天気のせいばかりじゃない　最近あなたに逢ってないから　稲葉亜貴子

△ 君にだけ話したいことあれやこれ泉のごとく湧いてくるんだ　篠原尚広

△ その孤独電線を越え綿雲吸う　音痴のうぐいす来し澄んだ朝　やまだりよこ

＊

沢田　今回は穂村さん東さんともに、同じ二首に◎をつけていらっしゃいます。これは珍しい。

ひといひて選びぬ樹液ひとしずくわが胸の羽虫とらふるより速く

穂村◎　東◎　（那波かおり　41歳・英米文学翻訳家）

東　うーむ、やられた、って歌でした。すごくいいですよ、これ。私なら『現代短歌辞典』の「選ぶ」の項目に、絶対入れますね。いきなりの《ひ》がいい。

穂村　うん、いい歌ですね。《樹液ひとしずく》以下の言葉の流れにはたぶん語順や文法的に整理の余地があって、《わが胸の》の《わが》は要るのかな、とか、もうちょっと処理の仕方があるなって思ったんですけど、それにもかかわらず、◎でとってしまったのはやはり《ひ　といひて選びぬ》にあまりにも破壊力があったからです。この《ひ》はすごい。これは東直子さん的だなあ。ターザン山本さんの歌で、

選ぶとはほかのすべてを捨てること捨てる迫力選ぶ迫力

穂村　東　（ターザン山本　53歳・プロレス大道芸人）

という面白い歌があって、まさにこれが今回のお題の「選ぶ」ということのコワさですね。ピアノでひとつのキーを叩くことはほかのすべてのキーを叩かないことっていう、そのコワさが「選ぶ」背後には常につきまとっていて、その恐怖の質量を《ひ》という一音で表してしまったということ。それに尽きてる、と思います。

東 そうですね。《ひ》の一文字に、「選ぶ」ということの残酷性や悲しみが凝縮されています。

穂村 《樹液》以下でも、そのコワさを不安定ながらうまく補足しています。

東 うまくいってますよね。《樹液ひとしずく》で、したたっている濃度の濃い冷や汗感が見事に出てる。せっぱつまった恋の心象を象徴的に表現しえた、美しい歌。

沢田 実を言うと、この歌、ぼくには読みとるのが難しかったのですが。

穂村 え？　どこがですか？

沢田 カッコいい歌だとは思うんですけどね。

穂村 《ひ》という音がぴんと来ないんでしょうか？

沢田 はい。それもあります。これは倒置ですよね。元に平たく戻すと、「樹液ひとしずくがわたしの胸の羽虫を捕らえるよりも速く《ひ》と言って選んだ」。もっと平たくすると、「ひとしずくの樹液がわたしの胸の中を飛んでいる羽虫のようなもやもやした感情を捕らえて殺してしまう前に、《ひ》と言って、あわてて〝そうする〟ことを選んだ」っていうことでしょうか？

穂村　そうですね。《樹液》が《羽虫》を捕らえるというのはどこか甘美なイメージがあると思うんですよ。でも一見甘美でも実際そこで起きている現象は死ですよね。そういう感覚。一般的に「選ぶ」という行為は――「ど・れ・に・しようかな……うーん、これだ」っていう――、そういう主体的な行為だと思われているけれど、この歌の「選ぶ」はもっと切迫していて、「それを摑まざるをえなかった」っていう。確かに自分はそうすることを主体的に選んだんだけど、自分自身の内側からの衝動に突き動かされたぎりぎりの行為って感じがある。だから、何かが私の胸の中のあるボタンを押してしまったんだ、っていうようなニュアンスなんじゃないかな。《羽虫》を捕らえるように、衝動が自分を捕らえて、そして自分は《ひ》とひと声上げて思わず摑んでしまった。

沢田　選ばざるをえなかった。

穂村　自分で選んだんだけど、そのことに恐怖がある。

沢田　まだ迷いはある、と。うーん、《速く》って表現が分かりにくくしてるのかなあ……《樹液》が垂れて《羽虫》を捕らえるのって、そんなにスピード感がないから。この表現で果していいんでしょうかね？

穂村　それは確かに言えますね。

東　この《速く》は樹液が羽虫を捕らえるまでの速度を言っているんではなくて、羽虫を捕らえるよりも一瞬速くの《速く》なんじゃないかと思うんです。《ひ》というのは、さっき穂村さんがおっしゃったように、とてもせっぱつまった感情の切れ目のうめきのようなものだと思いました。

穂村　でも《速く》だと順番よりスピードをまず思いますよね。そうか、読み手によって意外と分かれる歌なんだなあ、この歌は。

東　同人の方、みんなとるかなあと思ったら、一人もいないんですね。

沢田　那波さんの歌では、ぼくはこっちの歌をとりましたよ。

動物屋えらばれぬ子のあし・て・はな・みみ・お・目を見てはならぬ

穂村○　東　（那波かおり　41歳・英米文学翻訳家）

東　これも残酷でコワい歌ですね。

穂村　この人の歌、三首あって、どれも「選ぶ」ということの恐怖をうまく表現しているんですよね。「動物屋」の歌の方は《羽虫》よりももっと時間を引き延ばしたコワさを書いていると思うんですけど、もしこれ疵というのか、直し方があるとすれば、ぼくだったら初句の《動物屋》をですね、たとえば「ガラス越し」とかにしますね。なぜかと言うと「ガラス越しえらばれぬ子」と来て、そのあと《あし・て・はな・みみ・》そして《お》というのが続きますね、この《お》で状況は完全に理解できると思うんですよ。「ガラス越しにえらばれぬ子」がいて、それがしっぽを持っているっていうのは、それだけで「動物屋」だってことが分かる。同時にこうすると、《お》に来るまでは状況が確定できないと思うんですよ。でも《動物屋》って初句で出しちゃうと、それでもう、先ほども言った5W1Hの大きな部分を示しすぎちゃうんですね。すると詩的な衝撃が薄れてしまう。だから、最初は「ガラス越し」くらいで状況の規定をもう少しあいまいにしたい、と。それからもうちょっと音数を整えられると思うんです。もうひとつどこかの体のパーツを三音で入れるか、あるいは《お》を「しっぽ」に代えるか、結句を「見てはいけない」にするか、何が最善か分からないんですけど、このままでは若干音数が足りない感じがしました。ただこの歌、わざわざ最後を《目》でしめるなど、かなり意識的に上手にできています。順番に体の各部をクローズアップしていって、最後に《目を見てはならぬ》でしめるなんていう技術は非常に高いですね。

東　選ばれぬ者の悲しみが《目》に凝縮されてますね。生き物の形をまず眺めて、最後に直接感情にうったえてくるものに持っていく。映像的に非常にシャープです。

沢田　ねらいは当たった、って感じがします。ペットを一匹「選ぶ」ということは、それ以外のすべての《子》たちに死を宣告する行為である、と。一見可愛いペット屋さんの裏側の知ってはいけない事実。ちょっとわたくしゴトの蛇足ですが、昔ペットショップで子ネコを買ったことがあるんですよ。何匹かいるうちの当然いちばん器量よしの子を、それこそ

「選」んだんです。そうしたらショップのおねえさんがですね、その子ネコをぎゅっと抱きしめて「よかったねえ、よかったねえ」って涙流して（笑）……それがとてもコワかったですねえ。本当に残りの子の《目》は見られなかったです。

きみに選ばれぬわれがいて　電気屋のおかまひとつ選べぬわれもいて

穂村△　東（那波かおり　41歳・英米文学翻訳家）

東　那波さんの歌は、先ほどからの歌を含めてすべて生命を「えらぶ」ってことの重たさがよく出てますね。人が人を「えらぶ」というのは生命体として限りある時間を共有することだと思うんです。そこには何をいちばん大切にしているか、のズレがもっとも残酷な形で出てくる。

穂村　この歌も、選ばれる側としての不如意と、選ぶ側としての能力の欠如という二重の不全感がうまく描かれています。軽い歌ですけど、いいですね。

沢田　本下評「つん、とつつかれれば直ぐに泣いちゃいそうなギリギリの心理が、とてもうまく描かれていて、身につまされます。ここは絶対《電気屋のおかま》でなくてはならない」（笑）。針谷評「『捨てる迫力』ない人の優しさがにじみでてくるようです」。

穂村　今回の那波さんの歌はどれもいいですね。やっぱり、人によって何かあるんでしょうね。そのときの調子の波とか、題との関係みたいなものが。
沢田　ありますね。那波さんもともかく、同人のいろんな人たち、それぞれみんなの現況を主宰としてはだいたい把握しているんで、とってもそれを感じますよ。言うとシャレにならないことも多いんで、黙っておりますが（笑）。○○さんは○○さんの人生、××さんは××さんの。
穂村　沢田さんは沢田さんの人生。
沢田　そうなんです。みんなどうしても歌に出ちゃう。
東　やっぱり確かに、何かがあると非常にいい短歌ができますよね。
穂村　内圧が上がってるときは、ちょっとしたことで溢れるじゃないですか。わっと言葉になって。でも浅いところにあると、一生懸命にものを入れたり、ゆすったりしても、なかなか溢れてくれない。
東　普段は心の奥でおとなしく作っていても、何かあると胸から喉に溢れてきて吐くみたいにどばっと歌になる。
沢田　穂村さんは冷静そうですね。前回聞きそびれたけど「嫉妬」とかしないんですか？
穂村　するけど、ええカッコしいですから、見せられないんですよ。
東　そういえば、「へるめす歌会」のとき水原紫苑さんに「恥を捨てなよ」って言われてましたね（笑）。

穂村　いいなあ、恥のないやつらは言葉が溢れて（笑）。
沢田　次の◎に行きましょうか。これは「選ぶ」ではなく、別のお題、「ホラー映画『キューブ』を見て詠む」。

願わくば夢にまで見る安らぎをジェルやムースを手に取ることを

穂村◎　東◎　（ねむねむ　27歳・会社員）

東　《願》い、《夢》、《手に取る》《ジェルやムース》という、この一連のふわふわぬるぬるした感覚が歌から伝わってきて、その気持ちのよさを読む方にも分け与えてくれるような気がしました。祈りの歌ですね。祈りの強い歌は、いい歌なのだというのが、私の持論なのです。これも、５Ｗ１Ｈのない歌の代表みたいな歌ですね。
穂村　やはりねむねむさん、名手ですね。今の東さんの評にしてもあいまいな読みだとは思うのですけど、でも確かにこの歌を厳密に見ていくとどうも読みきれない歌で、たとえば《安らぎを》と《ジェルやムースを手に取ることを》の関係はどうか。《ジェルやムースを手に取ること》が《安らぎ》なのかなあ、とまあ普通思うんですけど、それもちょっと妙なんですね、《安らぎ》の表現としては。そんなの《手に取ること》が果して《安らぎ》か？　それに《ジェルやムースを手に取る》ってだいたい朝じゃないですか、時間帯で言うと。

《夢にまで見る》は夜ですよね。この『キューブ』って映画を見てないせいもあるんだろうけど、どうもうまく読み切れない。《を》《を》という二回続ける形なんですけど、この関係性を完全には規定し切れないんですよね。ただその溢れる感情を、わざわざ《願わくば》とまで言う言い方に収めていて、この人、最適の文体の摑み方が非常にうまいというのは前にも言いましたが、これも《願わくば》という大げさな言い方と、それにしては妙に小さくて平凡とも言える《ジェルやムースを手に取ること》を望む気持ち……そのへんのはみ出る感じっていうのが非常に面白いです。

東　《ジェルやムース》って、とてもよく似ているものを両方入れたのはエラいですね。《ジェル》っていうぬるぬるものと、《ムース》っていうふわふわものを。

沢田　どちらも快感を呼ぶ物質ですもんね。

東　どちらも官能的な快感でもありますね。

穂村　そういえば、前にぼくが◎でとった歌、「てのひらが溶けて流れる夢を見た今日はたくさん水を見たから」。というのも「夢と手」の組み合わせでしたね。身体的な感じ……ちょっと性的なものが混ざっているかもしれないですね。《てのひらが溶け》るというのもそうだし、《ジェルやムースを手に取る》というのは、精液を手に取るみたいなイメージがあるとか。そういう性のイメージが両方の歌にはあって、それが《安らぎ》という感覚につながっているのかな、と。ただ一点、ぼくなら初句を「願わくは」にしたいですね。今は文法的にはどっちでもいいんですけど、もともとは「願わくは」が正しいらしくて、江戸時代くらいから「願わくば」も使うようになったみたいです。今でもうるさい人は「願わくば」はダメだって言いますけど、まあその問題を離れても、この場合はなるべく柔らかい音で行きたい感じがするんで、《願わくば》の《ば》音は、できればとりたいな。

東 穂村さんにも、石鹸を手に取るいい歌がありますね。

許せない自分に気づく手に受けたリキッドソープのうすみどりみて　穂村弘

沢田 こういうのもありますよ。

五月　神父のあやまちはシャンプーと思って掌にとったリンス　穂村弘

穂村 ほんとだ。忘れてました。ぼくも性的だったのか。

東 『キューブ』ってコワい映画なんですか？

沢田 面白いですよ。無機質な四角四面、次の部屋も次の部屋も立方体という部屋に閉じ込められた男女数人が脱出を試みるという映画です。

東 《ジェルやムース》が出てくるの？

沢田 全然出てきません。あまりにも金属金属して、直線の世界ばかりなんで、逆に《ジェルやムース》のようなものを希求したりするんでしょう。「包丁の刃をずっと見てるような映画」と、ねむねむさんは言っておられました。
東　沢田さんの『キューブ』の歌。

外に出たいですか私をおいて出ますか出たらあなたに落ちろ夕月

穂村△　東◯　（沢田康彦　42歳・編集者）

東　慇懃な丁寧口調から急展開の命令調の結句ですとんと落としたあたり、コワさが決まっていますね。《あなたに落ちろ夕月》って表現に強い愛を感じますねえ。誰かにこんなふうに言ってもらいたいなあ（笑）。
穂村　上の句が破調ですが、これ、五七五七七の音感がカラダに入っていて、それを意識的に破ろうとして、こういう形になったと思うんです。全くフリーな状態で出た言葉じゃないって気がするな。つまり、ある「定型」のものを破ろうとするとき、それを破ったら自分がそこで一回限りの「定型」を作らなくちゃいけないというような義務感が生じるんですよ。どこかこの歌にも「一回限りの定型感」があるな。文体がホラーっぽい。あと、これも5W1Hを欠落させていますね。《外に出》るのがどこで、じゃ「中」とはどこで、どんな人間が、誰に対してどんな関係性でしゃべっているのか全然分からないけど、でも感覚は伝わってくる。それに関してちょっと触れておきたいのは、

「空豆の塩ゆで好き」におどる心　崖っぷちすでに

穂村○　東△　（やまだりよこ　40代・上方文筆業）

　この大破調の歌を○でとってしまったんですけど、これも5W1Hという観点で言うと、全く欠落してるんですよね。《「空豆の塩ゆで好き」におどる心》が《崖っぷちすでに》……なんだかよく分からない（笑）。けれども、この言い方、この押さえられ方だけで浮上してくるものがあるんですね。たぶん誰かが《「空豆の塩ゆで好き」》って言っただけで、すごく心がおどったと、でもそういう自分はすでに《崖っぷち》にいるんだなっていう恋の歌じゃないかって思うんですけど。そういう心のおどり方が分かる感じがしました。それと対照的にですね、こっちも△でとった面白い歌なんですが、

かまくらを作れとせがまれ気がつけば日暮れてひとりまだ雪かき集め

穂村△　東　（坂根みどり　37歳・主婦）

　こっちは非常によく状況を押さえているんですけど、その押さえ方があまりにも律儀すぎるんですね。《かまくらを作れとせがまれ気がつけば日暮れて》っていう、これでもかとい

うくらい状況をはっきり示している。なぜ自分が《雪》を《かき集め》ているのかをちゃんと説明しているじゃないですか。そうやってデータをこっちにたくさん与えてくれてるんだけど、それが結果としてこの根本にある面白さをむしろ阻害していると思うんです。

沢田　しかも動詞が五つもある。

穂村　そう、動詞は三つまで（笑）。この二首はあまりにも対照的なんですよ、データの欠落と過剰。でもどちらも素地になっている面白さは同じくらいの力があるんですけどね。

東　でも、この「空豆の塩ゆで」の歌の方は、あまりにも欠落しすぎているんじゃないかな、と（笑）。《おどる心》《崖っぷち》《すでに》の間に空白が多すぎない？　いきなりすぎる。

穂村　うん、そうね、でもこの《崖》とね《おどる》《空》……このへんの言葉の選択はなんだか「崖から空に身をおどらせる」というような感覚をどこかでこっちに与えてくれる。まあこの歌はあまりにも破調なんで例外ですけど、情報の与え方という点で分かりやすいと思ったんで。結論的に言うと、短歌では状況を説明したいわけじゃなくて、何を読者に与えたいかっていうと、情感みたいなもの。テンションや感情を伝えたいし、浮上させたいのであると。そのためには短歌における情報っていうのは、必ずしも多ければ多いほどいいわけではないということですね。

神様の選びし少女ほのぼのと春のひかりに鞦韆《しゅうせん》ゆらす

穂村△　東　（東直子　36歳・歌人）

沢田　《鞦韆《しゅうせん》》っていうのは、ブランコのことです、念のため。東さんの名歌。

穂村　はい。プロの歌じゃなければ○でとる歌ですが（笑）。この《鞦韆》って言葉に「秋」っていう漢字が入っているんですね。つまり、《春のひかり》の中に「秋」がある。こういうことは作るときほとんど意識しないと思うんですけど、実は《春のひかり》の中に「秋」が揺れている。『短歌はじめました。』の、「キンメダイ」や「車海老」のところで触れたように、読者は《鞦韆》を見るときどこかでこれを感じていると思う。それが《神様》に一人《選》ばれたという感覚に照応しているんじゃないか。それから《鞦韆》っていうのがあまりにも画数が多くて、異様なんですよね。特に《春のひかり》や《ほのぼのと》という柔らかい文字面が続いている中に急に《鞦韆》っていう言葉が現れる。実際の光景としても、《春のひかり》っていうほとんどすうーっとしたものの中に《少女》と《鞦韆》が揺れていると。ちょっとオーバーな言い方になるけど、ブランコと《少女》が一体化したものが、ある宿命というのかな、少女だからこれから先にいろんな未来があると思うんだけど、その未来を制御している宿命のようなものを暗示している感じ、そういうものをここに読みとることができるんじゃないかな。

沢田　同人評にこういうのがあります。「最初ほんとに《ほのぼのと》した印象だったのですが、そのうち、光に包まれた女の子がこの世の子ではないような気がしてきました。きれいで、すこし怖い歌」（那波かおり）。フェリーニの『世にも怪奇な物語』の悪魔の少女のイメージかな。

穂村　感度のいい読みですね。

東　イタリアの童話に素晴らしい能力を持つ少年が出てきて、「彼は神様に選ばれた少年だ」とたたえられるんだけど、少年のまま、はかなく死んでしまうんですよ。少女に姿を変えてもう一度この世で遊んでほしいな、なんて思いながら作りました。

仕事柄肌色下着ばっかりでどれえらんでも全くサエない

穂村△　東　（鶯まなみ　24歳・女優）

穂村　この場合《全くサエない》があまりにも主観を強く出しすぎちゃってるんですね。これは全く不要な情報で、つまり《仕事柄肌色下着ばっかり》だということの提示の方が、何かその《下着》をつけても裸でいるようなヘンな感じ、《仕事柄》っていったいなんだ？と、まあだいたいは見当つくけど——モデルとかそういうものかなと思うけど——完全には分からないんですね。でもそのヘンなマネキンみたいな感じが面白いわけで、これを《全くサエない》と言っちゃうとそこで話は終わってしまうから。そうじゃなくて、何かちがうものに結びつけていきたいんです。

東　《肌色下着》ばかりを着ている感じをさらに追求すればよかったですね。《仕事柄》という部分の内容は、実は女性の側からとても気になるところです。そういう特殊な事情を丁寧に歌うと、きっといい歌ができますよ。たとえば、若い女性歌人の作品で、

形容詞過去教へむとルーシーに「さびしかった」と二度言はせたり　大口玲子

紙幣には生活《たつき》の匂いゆうぐれの指にかすかな湿り残れり　日下淳

インファントスターが静かに稼働する未熟児室で過ごす元旦　藤井靖子

大口さんは日本語学校の先生、日下さんは銀行員、藤井さんは小児科医です。

馬券舞う下総中山競馬場見果てぬ夢のここ吹き溜まり

穂村△　東（榊吾郎　53歳）

滅ぶなら滅んでもいい春二月君の鼓動を聞く闇の中

穂村△　東（榊吾郎　53歳）

抱きたくて声聞きたくて会いたくて五十の恋の春ど真ん中

穂村△　東△　（榊吾郎　53歳）

穂村　三首とも△でとっているんですけど、この方の歌、非常に韻律感がいいんですね。リズムがいい。「馬券舞う」の歌の場合特にいいのはこの《下総中山競馬場》ですね。これ音数で言う七五のところをぴったり使っている。口で言ってみるとよく分かるんですが、こういう気持ちよさってあるじゃないですか。風に《馬券》が《舞う》感じと、どこか場末じゃないんだけど《吹き溜まり》に通じる持っていき方。この地名がちょうど七五にはまるということを感知する能力がいいと思います。

東　どれも声に出して読みやすい歌ですね。

沢田　競馬のアナウンサーっぽいですが（笑）。

穂村　そうですね。「父と同じく緑の帽子、父をしのぐかミスターCB」。

東　体験的にそのリズムが体に入っている感じですね。

穂村　もしかしたらラジオで学んだのかな。

沢田　講談調でもあります。

穂村　演歌の紹介調でもありますね。

沢田　木枯し紋次郎調でもあります。ターザン山本さんのやさぐれ破調世界を折り目正しくしてみたらこうなるのでは。

穂村　男のロマン、という感じですね。二首目の「滅ぶなら」もよく照れずに言い切ったな、っていう感じがあって、いいですね。やっぱり短歌は、いざとなったときに恥ずかしいことを恐れずに言えるかどうかってことがすごく大事で、最後まで照れ回る人には向かないんですよね。

沢田　そうでしょうねえ。日々主宰の活動として会った人は誰でも無差別的に「猫又」に勧誘しつづけているのですが、「恥ずかしい」と言って、絶対に詠まない人もいます。ヘタだから、じゃなくって、恥ずかしいからというのがだいたいのその理由なんです。

穂村　ドタン場まで追いつめられたときに本当に恥ずかしいことが言えるかどうかっていうのが大事なことなんですよ。どっちにしても、あとでまた恥ずかしい思いするんですけど（笑）。でも他人が本当に読みたがっているもの、見たがっているものは、センスのいいアタマで組み立てたすてきなイメージなんかじゃないんです。ぎりぎりまで追いつめられて、これは恥ずかしい！　って姿を見たいんです。それを見てすごく勇気づけられるというか、エネルギーをもらった感じがする。

東　そうですよね。生き残っている短歌って、みんなそれですよねえ。

穂村　残る歌っていうのは、そのときうわーってのけぞるような恥ずかしい歌なんですよ

（笑）。だから短歌やっていくほどどんどんうまくなって、言葉も磨かれていくんだけど、やっぱり若いときの歌が残っちゃったりするのは、そのパワー、溢れるような力というものがあるからだと思いますね。

東　有名な与謝野晶子の、

やは肌のあつき血潮にふれも見でさびしからずや道を説く君　　与謝野晶子

みたいなね。現代短歌の「若いときの歌」と言えば、

たとへば君　ガサッと落ち葉すくふやうに私をさらつて行つてはくれぬか　　河野裕子

あの胸が岬のように遠かった。畜生！　いつまでおれの少年　　永田和宏

どちらも独特のパワーがあって非常に強い。ちなみにこのお二人はその後結婚されました。

沢田　榊さん、三首目もすごいですよ。「抱きたくて声聞きたくて会いたくて五十の恋の春ど真ん中」！

穂村　よく言ったって感じですねえ。エライですよねえ。

東　すごいですすねえ。

穂村　カッコいいです。語順もいいですね。最初はまずやっぱり《抱きた》いんですね（笑）。

東　一回言われてみたい。
沢田　そういうことばかり言ってる（笑）。
穂村　東さん、求められたいんですね（笑）。

元気かと言いつつ子らのきんたまを摑みしおやじ無くて久しき

穂村△　東○（まっつん）

沢田　こぢんまりとして素直で可笑しい歌です。まっつんは大阪の大工さん。
穂村　いいですね。ぼくが△、東さんは○。
東　《久しき》という文語が効いていますね。全体的にきちんと定型にはめながら言葉を丁寧に選んでいて、一歩間違うとタダの下ネタ短歌になりそうなところを文語がひきしめて、すべてを味わい深くしてくれている気がする。ばからしさと愛らしさとなつかしさとさびしさが体の芯にじわっと凝っているようで、好きです。

君と乗る深夜のタクシー窒息しそう閉じ込められた好き好き好き好き

穂村△　東　（本下いづみ　39歳・絵本作家）

穂村　恋の歌ですね。《窒息しそう》の字余りが効いてます。実際に読んでみるとこの部分で早口になるんですね。

沢田　手もつなげないんだろうなあ、思いっきり秘めているんだろうなあ、でも相手には《好き》なことがびんびんに伝わっているんだろうなあ、でも相手は気がつかないフリをしてるんだろうなあ……と、読む方も《窒息しそう》な気持ちになりました。

東　《好き好き好き好き》は早まる鼓動のようにも聞こえますね。

はずしたらばくはつするかなぱぱとまま「好きな方を選んでいいのよ」

穂村△　東○　（吉野朔実　40歳・漫画家）

穂村　世界観で、常にある一定以上のレベルを摑んでくる人の歌って感じですね。今この瞬間に感情の内圧がそんなに強くあるわけじゃないと思うんですけれど、物の見方として、ひとつの世界を見ようというスタンスがこの人にはもう完全にできているから、必ずこういうふうに歌える。たとえば本下さんもだんだんこういう感覚を身につけていて、あとで出てくる、

携帯に寄り添い歩く皆々様。そいつは全部空耳ですぜ
　　　　穂村○　東　（本下いづみ　39歳・絵本作家）

こういう見方はこれに通じると思うんです。一種の悪意に近い見方なんですけど、この悪意によって確かに照射される真実みたいなものが浮かんでくる、と。ただ、吉野さんの「はずしたら」の歌はあまりにもスタティックすぎるかな。アタマで、世界観で書いている感じ。

東　言葉の選び方、運び方は非常にうまいんですけど。

穂村　うまい。うまいからこのレベルまで書けてしまうんだけれども。

沢田　まさに吉野朔実の漫画世界って感じですね。『ぼくだけが知っている』（集英社）の世界。すべて見えますもんね、家庭の状況とかが。しかも緊張感がものすごくある。ねむねむさん評「これを歌った人は天性のストーリーテラーだと思います。臨場感がぞくぞくします。《はずしたら》がリアルです」。

東　この《はずしたら》って語をいきなり持ってくるところが、あ、やっぱりセンスあるなって思いました。

どしゃ降りも雪も嵐も選べないましして泣けるほどの青空なんて
　　　　穂村△　東○　（鶴見智佳子　33歳・編集者）

東　《泣けるほどの青空》が《選べない》。このもどかしさがとてもみずみずしいですね。《どしゃ降りも雪も嵐も》というあからさまな青春用語が全然いやみを感じさせないところが好きでした。

沢田　穂村さんも△。

穂村　《青空》を《選べない》……ストレートなもの言いですね。

東　思いが溢れていますね。

穂村　実際に感情があるんでしょうねえ。ないときはこうは書けないと思うな。ないときほど言葉を細かく選びはじめちゃうってとこがあるからなあ。球威のないときはコーナーをつく（笑）。

東　そうですね、それに対してこの歌、語彙的には無防備ですもんね。

沢田　直球勝負に出ている、と。

びいどろをぽっぴんぽっぴんふきました　帰りまぎわのくろくもの下

穂村○　東△　（鶯まなみ　24歳・女優）

沢田　これは自由題。「うぐいす、長崎を詠む」から。

東　いいオノマトペですね。《帰りまぎわのくろくもの下》という表現が、ほのぼのとしてるけど「それだけじゃない」っていうのかな、鶯さんの歌って、いつも言うようにぼんやりした田舎の風景、ノスタルジックなんだけど、どこか色が灰色っぽいっていうのかな、不吉な感じがあって、そこが詩的に高められてると思うんです。この歌も《ぽっぴんぽっぴん》吹いて一見楽しそうだけど、その音が《くろくも》と絡み合ってただのほのぼのを超えた世界に入っていますね。

穂村　この歌には三つの「ボーダー」みたいなものがあるんですよね。ひとつは《くろくも》っていう、もうすぐ雨がざあーっと来るんじゃないかという予兆、《帰りまぎわ》の《まぎわ》って言葉がまさにボーダーだし、もうひとつは《びいどろ》そのものが非常に薄いガラスで《ぽっぴんぽっぴん》吹いてみれば分かるんですけど、なんかちょっとコワいんですよ。強く吹き込むと割れるんじゃないかという。そのきわどいものを三つうまく重ねている。だから東さんが言ったように、のどかな光景とも言えるけどどこか不吉な予感っていうものがあって、それによる不安な気持ちというものをこちらに手渡してくる。

沢田　鶯さんの歌はどこか「一人きり」感がありますね。一人で遊んでる感、というか。前に触れた夏の歌もそうでした。

つゆくさで色水つくって遊んだよ明け方の空の涙みたいな

穂村　東　（鶯まなみ　24歳・女優）

とか、冬の歌、

冬の花しおれることもないままに日を追うごとに色うすくなる
穂村△　東　(鶯まなみ　24歳・女優)

昔からこういうものが好きでしたかさかさまっかさぴかぴかどんぐり
穂村△　東○　(鶯まなみ　24歳・女優)

次の歌も一人ですね。ネコはいるけど。

ヒマすぎて玄関あけたらネコ来ててにぼしをだしに遊んでもらう
穂村　東　(鶯まなみ　24歳・女優)

かと思うと、こんなヘンな歌もある。「かまきりの歌」(笑)。お二人とも△。

おしりからへびがでるから捨てなさい　かまきりを見てばあちゃん言った
穂村△　東△　(鶯まなみ　24歳・女優)

穂村　これ、《かまきり》の寄生虫のことなんでしょうけど、このモチーフの選択自体がある種の才能だと思います。

沢田　同人評「のほほんさと、幼児的な残酷さみたいのを感じる。うぐいすの世界！だ」（大塚ひかり）。

東　一人でいてもとても充足している感じがありますね。何を見ても何を思い出しても充足している。誰も立っていない場所に立っているみたいです。悲しみとかさみしさとかをそのままには歌わず、微妙な味がありますね。

まめふぐがぷぷぷとおよぐのみつけたよ　さっそく君にもおしえなくっちゃ

穂村△　東　（鶯まなみ　24歳・女優）

穂村　この《ぷぷぷ》も、さっきの《ぽっぴんぽっぴん》と並んで、オノマトペがとてもいいですね。

東　口から出る小さな泡のことであり、まめふぐの細かい動きであり、ぷっとふくらんだ形である、と。何重にも背負ってるオノマトペですね。

こんな日は撰ばなかった道の先「もしも」の匙で掬って溜息

穂村△　東○　（本下いづみ　39歳・絵本作家）

東　この歌は《「もしも」の匙》という表現に惹かれました。《「もしも」》という心の動きが、《匙で掬》うという目に見えるものに変換されて、そこから想像が具体的にふくらむので詩的な広がりがありますね。

沢田　ねむねむさん評「《もしも》の先は決して手に入らないのはわかっているけど、ちょっと考える、そのちょっと加減を《匙》であらわしたのはお手柄ものだと感心しました」。

穂村　うん、《「もしも」の匙》、面白いですね。ただなあ、最後の《溜息》が、さっきの《全くサエない》と同じで、ここで本人が主観を出しちゃうとそれでもう読者は「いやちがう」と言えなくなっちゃうから。

沢田　終わっちゃうんですね。

穂村　むしろ、《匙で掬って》「ゆする」とか、そんな方に持っていった方がいいんじゃないかな。《匙で掬って》「なめる」でもいいですよね。

沢田　「飲みほす」かな。

東　そうですね、結論は出さずに、その未来は読者に委ねてもよかったんじゃないかな。それにしても、本下さん、何があったのかな？

沢田　そう思わせる歌ですよね。
穂村　やっぱり出るんですよ、短歌書くと。何かあった人は何かあるように歌ってしまう。
東　迫力が出ますよね。
穂村　書かずにはいられないんですよね、不思議なことに。
沢田　本下さん、今回は特に迫力あるの。

臭わないパンスト選んではいたけど穴があいてて女おいどん

穂村　東　（本下いづみ　39歳・絵本作家）

大根を選びに選ぶ奥さんよ選ばなかったかそこの亭主は

穂村　東　（本下いづみ　39歳・絵本作家）

沢田　穂村さんの言う「悪意」の歌ですね。可笑しい。
東　本下さんは基本的にすごく正直な人だと思う。見てて気持ちがいいくらい。そういう人の出す「悪意」って、全然イヤな感じがなくて、突き抜けるから快感ですね。歌ってる本人も気持ちいいんだと思う。

君からはつけかえたいその一番に選ばれた鼻がねえいとしいの

穂村　東◯（長濱智子　25歳・食堂店員）

東　ねじれた願いが歌全体をぎゅうぎゅう縛っていてばらばらになりそうな言葉を束ねていますね。とってもエネルギー値の高い歌だと思いました。

沢田　ねじれてますよねえ。芥川『鼻』の〝禅智内供《ぜんちないぐ》〟を愛する歌。

東　シラノ・ド・ベルジュラック。

沢田　本下さんも、さっきの鶯さんもそうですが、「猫又」も回を重ねると、常連の同人たちの個性がどんどん際立ってきて、それがまたとても面白いです。長濱さんの場合、発想に特徴があって、でかいところから細かいところにしぼりこんでいく逆円錐形のような歌が多いと思います。前の「アリ穴」の歌もそんなでしたよね。「生きるのか死ぬのかそれは神が知るベタベタはちみつアリ穴に流れ」。なんてことない光景ですが、詠み方の順序がなんかヘン。「鼻の歌」も、これは要するに、ボーイフレンドが「オレの体でいちばん嫌いなパーツは鼻だな」って、ダンゴっ鼻かワシ鼻か分からないけどぼやいて、でも私はそんなあなたのくるんとした鼻がとっても好きなのよ、っていうようなノロケ歌ですよね。でもそれを言うのに、《つけかえたいその一番に選ばれた鼻》っていうねじれた表現をしてしまうあたりが、この人ならではだと思うんですね。これを普通にやったらちっとも面白くない。「あなたは自分の鼻を嫌っているけどわたしにはいとしいの」っていうような歌にしたら。それですね、想像するに、でもそうできなかったのは「選ぶ」というお題だったから、というのも大きいと思うんですよ。

東 そうでしょうね。私にもとても難しいお題でした。

沢田 どうしても「えらぶ」という動詞を当てはめなきゃいけなかったから、その努力をすることで自然と東さんの言う「エネルギー値」が宿っていったような気がして。

穂村 そうですね。言いたいことがはっきりあって、そこに無理やり「えらぶ」を入れようとしてこうなったんですね。

東 悩み甲斐がありました。みんなの歌も苦労の痕跡がありますが、それだけ傑作も多かったです。

沢田 もう一首、東さんの歌がありました。

地に眠りつづけし種の芽吹くごとあなたに告げることばをえらぶ

穂村△ 東（東直子　36歳・歌人）

沢田 とっても清潔で可愛い恋心の告白の歌だと思うのですが、よく読んでいくとですね、これはなんだか「脅迫」めいてもいるなあ、って思ってコワくなりましたね。これこそが今回のお題「えらぶ」という動詞の持っている特徴であると納得させられたんです。
穂村　この丁寧さがコワいですね。
東　「えらぶ」という行為って、決断するということですからね。はっきりとした意志が必要な強い動詞ですよね。無意識には使えない。つまり、責任を問われる酷な動詞なので、おのずとその人が何に対して〝酷なもの〟を感じているかが出てくるんだなあと思って、興味深かったです。
沢田　冒頭で穂村さんがおっしゃったことの繰り返しになりますが、ターザン山本さんの歌、

選ぶとはほかのすべてを捨てること捨てる迫力選ぶ迫力

穂村　東（ターザン山本　53歳・プロレス大道芸人）

が、このテーマの意味を代表していますよね。
穂村　これは歌そのものとしては必ずしもよくはないんですけどね。「定義」になっちゃってますから。
東　そうですね。まずこういうことを思って、それから歌を作るということなんでしょうね。

芽きゃべつ

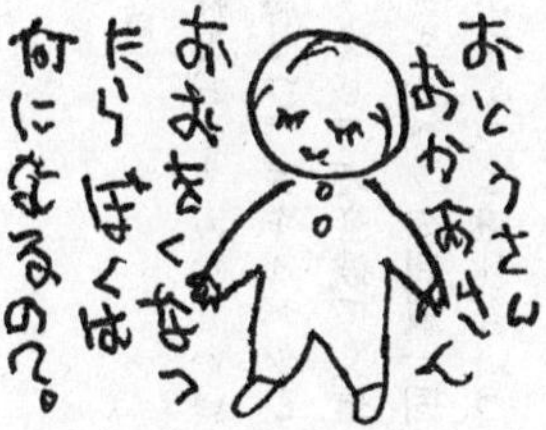
おとうさん
おかあさん
おおきくなっ
たら ぼくは
何になるの？

イラスト・馬場せいこ
（アートディレクター）

ピンポイント。かなり絞り込んだお題＝「小さな不思議の野菜」に挑戦の巻です。同人一人一人の「芽きゃべつ」像を総合すると、なにかひとつの形が浮かび上がってくるかのよう。いや、「芽きゃべつ」という単なる野菜が、ここまでの性格、ここまでのヤツだったとは！　きゃつらの悪だくみが白日のもとに晒され、糾弾されました。「芽きゃべつの乱」です。

穂村＆東の選【芽きゃべつ】19首

◎○ 芽きゃべつも靄でしっとり緑色おやすみなさいいつも寂しい　吉野朔実
△◎ もう口をきくのもイヤだと怒りつつ芽キャベツひとつ慎重に切る　春野かわうそ
○○ めきゃべつは口がかたいふりをして超音波で交信するのだ　鶯まなみ
△○ そこはだめあけてはならぬ芽キャベツの親戚一同待ち伏せているから　那波かおり
△△ 鍋のなか芽キャベツたちがふつふつと譲り合いつつ班長決める　那波かおり
△△ 泣いた後台所にて思うこと　芽キャベツにだけはしてやられたくない　長濱智子
△△ 芽キャベツがここにいるよとキュッとなく春の香ただよう誰もいぬ朝　大内恵美
△ 鈴なりの芽キャベツの森どこまでも歩いてゆこう号令かけて　本下いづみ
△ 芽キャベツの結球脆くほろほろと春の夕べに冬の陽零るる　本下いづみ
△ 芽キャベツを２つ３つと口に入れまとめてがりがりわしガリバー　伊藤守

△芽キャベツはらっきょうよりもおしゃれ系　でーも結構濃厚系　坪田一男
△誰もまだ気付いていないあのことを反省したくて芽キャベツの中で　長濱智子
△しらんぷりしているようで芽キャベツはまるで希望をにぎるてのひら　稲葉亜貴子
△シャケおかかにマヨネーズシーチキン　芽キャベツはないコンビニのおにぎり　柳沢治之
△フランスではベルギー・キャベツという名前ベルギー人は小さいのかも　齋藤ペコ
△「丸いから目キャベツなんだねお母さん」スプーンごしに声かけてみるけど　広瀬桂子
△芽キャベツはつやめきながら湯にうかぶ〈生まれる前のことを話して〉　東直子
△今朝の気温を抱いてかたくかたく黙り込む芽きゃべつ　ねむねむ
△クリームのぬくきころもにつつまれていのちをいだく芽きゃべつ３つ　亀ケ谷さおり

＊

穂村　これは異様に打率の高い回になっていると思います。いい歌が多い。ざっと見て、かなりレベルの高い集団だなあと改めて思いました。
沢田　この回は特別編で、名前を伏せて、みんなが人気投票するという初の〝歌会〟パターンをとりました。でもだいたい誰の歌かがわかった。
穂村　全体を見て気づいたことは、「芽きゃべつ」という言葉をキーにして何人もの人が作ると無意識の共通項みたいなものが浮上してくるのが面白いなと。《めきゃべつは口がかたいふりをして》とか《しらんぷりしているようで芽キャベツは》とか。あと《班長決める》とか《親戚一同》とか、そういう集団性みたいなイメージ。それから《芽キャベツにだけはしてやられたくない》とか(笑)、《待ち伏せている》とか(笑)。なんでこんなに「芽きゃべつ」が悪意を持った怪しいものだと思うのか分からないけれど、みんなそう捉えたみたいで、そこのところが面白かったですね。

東　小悪魔的な存在ととってますね。内側に何か秘めていて、何かしでかしそうな感じを捉えています。

穂村　はい。みんなもっと単純に「可愛いもの」と捉えるのかと思ったら、意外に油断のならない芽キャベツ像が浮かび上がりました。

芽きゃべつも露でしっとり緑色おやすみなさいいつも寂しい

穂村◎　東○　(吉野朔実　40歳・漫画家)

穂村　◎でとったのですが、これは○でとろうかどうしようかちょっと迷いました。

東　《芽きゃべつ》のしっとり感と《いつも寂しい》気持ちがマッチして、心に染みてくる歌です。《おやすみなさい》という相手がいながら《いつも寂しい》という感情が湧き上がってくるのって、分かります。

沢田　普通《おやすみなさい》というと、これでこのまま終わるのに、さらにもうひと言続ける《いつも寂しい》に、やられてしまいました。

穂村　そうなんです。非凡ですよね。衝撃がある。そう読まない人もいるかなというところでちょっと迷ったのですが、ぼくもこの《おやすみなさい》という言葉は普通はそこで終わる言葉じゃないかと。でもそのあとに《いつも寂しい》が続くことにショックを覚えましたね。東さんがおっしゃるように、この《いつも寂しい》には、アピール感がないんですよね。なんか寝る前に一人でじっと目を閉じて《おやすみなさいいつも寂しい》と、誰にアピールするわけでもなくて呟くという感じなのかな。一人の祈りにつながっていくような。そういう感じがあった。作者を意識していえば、前回の、「はずしたらばくはつするかなぱぱとまま」の歌の《ぱぱとまま》どっちが《ばくはつする》のかという、世界に対する緊張感のあるものの見方の裏側にこの孤独な感覚が貼りついているんだなと思いました。

東　この孤独感は並じゃない、尋常じゃないと思わせますね。

穂村　今は「芽きゃべつ」という題をみんな知って読んでいるから、《芽きゃべつ》が入っていてもなんとも思わないし、どの歌にもそれは言えるんだけど、たぶん白紙の状態で見たら点がアップすると思うんですよ、この歌。ここに《芽きゃべつ》が出るか!? という感じがあって。

東　単に孤独感だけじゃなくって、官能的な感じがするんですよね。

穂村　《しっとり緑色》が、色であると同時に触覚というのかな、水分の感じを含んだ表現で、あと結球の感じとか——自分の投影でもあるのかな、包まれて自分が結球になったような、オープンに開かれていない感じ。

東　自分の感覚をぎゅーっと埋め込んでいくイメージ。

穂村　孤独で同時に充足している感じがあるけれども《寂しい》、というのが、この「芽きゃべつ」の表現にうまくオーバーラップしているんじゃないでしょうか。

東　うまく一体化されているんですよね。

穂村　これが「トマト」とかね、「きゃべつ」とかよりも面白かったというのは、そういうところかもしれませんね。

東　なんだか、種のようなもので、また芽吹いていくというイメージ。今は自分は小さくって、休んでいるけれど明日には、って。自分で自分を癒しているというのかな、そういう感じがこの野菜にはありますね。生命体の芯を想起させるような。

めきゃべつは口がかたいふりをして超音波で交信するのだ

穂村○　東○　（鶯まなみ　24歳・女優）

穂村　これもですね、明らかに現実外の世界を見ようという意識が初めからありますね。そこでもし全然根拠がないことを言ったら誰も納得しないと思うんですよ。ところがこの歌にこれだけ票が入っていて、「そうです、そういうやつらです」（那波かおり）なんてコメントがつくっていうのは、みんなどこかこの唐突な、決めてかかる感じに納得したわけですよね。なるほどあいつらならそういうことがありそうだっていう。それは日常の説得力とはちがった次元でやはりある根拠というものを作者が摑んで、それを提示できたという証拠だと。確かにそういう感じしますね。《超音波で交信する》という（笑）。

東　《口がかた》くって（笑）。

穂村　なんか、ぼくにはかぼちゃあたりが《口がかたい》って気がするんですけど、《めきゃべつは》《交信》してそう。これやっぱりみんなが説得されたっていうのは、さっき言ったようにどこかに《親戚一同》とか《班長》みたいな一族性というのか、血族感というのを彼らに感じるからなんでしょうね。

東　そんなこと、「芽きゃべつ」ってお題をもらうまで考えもしなかったですね。

穂村　それをこう《超音波で交信するのだ》と、鮮明に意識に上らせたっていうのが手柄なんだと思います。漠然とみんながどこかで思っていることをここまではっきり浮上させることができた。

沢田　《のだ》っていう言い切り調が同人中でも評判でした。投票では全三十一首中、二位を獲得した歌です。

東　《のだ》って、短歌ではあまり見かけない結句ですが、いい味が出るんですね。新鮮な響きです。

穂村　似たような歌で、やはり目立った、

そこはだめあけてはならぬ芽キャベツの親戚一同待ち伏せているから

穂村△　東○　（那波かおり　41歳・英米文学翻訳家）

と、

鍋のなか芽キャベツたちがふつふつと譲り合いつつ班長決める

穂村△　東△　（那波かおり　41歳・英米文学翻訳家）

ですが、この二首は、あくまでも〝空想〟の世界なんですよね。これは空想ですよ、って作者の側からも語っているところがある。でも、こっちの「超音波で」の歌はどこかもうちょっとリアルな感じが出ていますね。本当にやってそうっていう。そのちがいかな。「超音波で」の作者はマジでそのことを信じているかも、っていう気配がある。ひょっとしたら作

者が狂っているんでは？　って思わせてしまう。短歌においては、この「作者が狂ってるんじゃないか？」と思われるっていうのは、名誉なこととも言えるわけです。本当は覚醒してるのに、って思わせない方が絶対強い。

沢田　でも、「そこはだめ」は六位、「鍋のなか」は十三位と、いずれも好評でした。

東　面白いですよね。文体に迫力があって、え？　《そこ》ってどこ？　って思わせる。《芽キャベツの親戚一同》はものすごく印象が深くて、コワいです。最初に穂村さんが言った、集団的なイメージですね。何しでかすか分からない親戚一同だ。

沢田　どちらもおかしな絵が浮かびます。漫画的世界。

もう口をきくのもイヤだと怒りつつ芽キャベツひとつ慎重に切る

穂村△　東◎（春野かわうそ　42歳・フリーライター）

東　◎でとりました。いい歌が多いんで迷ったんですけど、誠実に《芽キャベツ》を描写したという点で。非常に《怒りつつ》も案外冷静でいじましい心のアンビバレンツが、《芽キャベツ》という小道具をよく効かせて、涙ぐましい仕上がりになった歌だと思います（笑）。どんな状況においてもたったひとつの《芽キャベツ》に、必要なときにはちゃんと心を砕くことができる。妙な優しさに惹かれました。同人評もいいですよ。「怒りのあまり心がシーンとなってしまったのかしら、それとも怒ってる自分を自重して心落ち着けて芽キャベツを切っているのかしら、それとも……なんて作者の心をあれこれと想像してしまう、なんだか気になる作品でした」（藤田千恵子）。小さくて丸いから、しっかり押さえて慎重にやらないと切れないいんですね。くそっ、と言いつつ、さくっ。

穂村　《怒》っていても、やることはやる、という歌でしょうね。普通、怒っていると、そんな丁寧な作業はできないものなのに（笑）。

東　愛嬌のあるいい歌ですね。愛嬌があっていい歌はなかなかないものです。

穂村　ある程度自分を客観視できているってことですよね。

東　春野さんのは愛嬌のある歌が多いなあ。

穂村　持ち味ですね。誰でも持ち味は結局ひとつですから、特にこういう題詠だとその技で勝負に出るわけで、はっきりと自分の色が出ますね。

東　次の歌も出てますね。

泣いた後台所にて思うこと　芽キャベツにだけはしてやられたくない

穂村△　東△　（長濱智子　25歳・食堂店員）

面白い歌！《してやられたくない》ってどういうライバル意識でしょうかねえ。

沢田　あの「もぐらたたき」とか「アリ穴」とか「鼻がいとしい」の人の歌です。

穂村　面白いですね。《芽キャベツにだけはしてやられたくない》ってすごいセリフ。どんな人なんだろう？　よっぽど弱っちいですね（笑）。

沢田　この人も「芽キャベツ」のような人なんです。

東　ん？　どんなだ？

沢田　長濱さん、もう一首あります。

誰もまだ気付いていないあのことを反省したくて芽キャベツの中で

穂村△　東　（長濱智子　25歳・食堂店員）

穂村　《誰もまだ気付いていない》のに、もう《反省》しちゃってるわけですね（笑）。

沢田　このちまちま感にはたまらなく惹かれるなあ。「こらあ！」と大声で叱りつけたくなります。でも相手は《芽キャベツの中》に隠れていて、すでに《反省》の態勢に入ってしまっているのでは、どうしようもありませんね。ところで、ちょっと余談ですが、「芽きゃべつ」をカタカナで書く人とひらがなで書く人がいました。全部ひらがなというのも一名。

穂村　あ、そうですね。ひらがなかカタカナか、少なくともその両方のやり方があるんだっていうことは、常に意識するような感覚を持っていたいですね。

東　実は私も表記にはとても迷いました。もともと外来語なわけだから、カタカナで書くのが正しいのだろうけど、これだけ親しみ深いとまるでもとから日本語にあったように「きゃべつ」と書くようになる。歌に取り入れた場合、自分を投影していったらひらがなになっていくかな。物質として捉えたらカタカナ、かな。それぞれの歌に合った表記が最終的になされていると思いました。鶯さんの歌など固有名詞的な扱いなので、ひらがな書きのこの表記しかありえない気がします。《めきゃべつ》。

今朝の気温を抱いてかたくかたく黙り込む芽きゃべつ

穂村　東△　（ねむねむ　27歳・会社員）

東　この歌とか、前の吉野朔実さんの「おやすみなさいいつも寂しい」の歌も、自分を投影しているタイプの歌ではないかと思います。

沢田　ちゃんとひらがなになっていますね。これは、東さんが△。人気投票では堂々の三位。同人の一人、元シェイプUPガールズの中島史恵さんから評が突然届いて「芽きゃべつの出しゃばらず、でも芯は強いところが伝わってくる」とあります。この人も「芽きゃべつ」が「芯は強い」と決めつけているようです（笑）。ただ、ぼくはこの歌、大幅な字足らずがこづら憎かったんで、とりませんでしたが。

東　ちょっと淡く流れている感じなので、あともうひと言ほしいところはありますね。

穂村　この歌、《気温を抱いて》って表現がうまいですね。ただ「芽きゃべつ」のイメージとしては一般的だったかなあ。だいたいこのあたりに来るんじゃないかという〝共感〟を呼ぶ歌なんでしょうね。ただ、ぼくの主張としては、一回〝驚異〟を通過して〝共感〟に抜けなくちゃいけないということがあるんで――これについては前の本で語っていますが――この歌は比較的、ストレートに〝共感〟の方向に向かってしまっているという点でとれませんでした。

東　《かたく黙り込む芽きゃべつ》ってところが、穂村さんは平凡な把握だと言っておられるんだと思うんだけど、《今朝の気温を抱いて》《黙り込》んでるんだから、黙り込みの冷たさってことが分かる。黙り込みの冷たさの感受はとてもいい切り込みなので、期待が大きいんだけど、そこで止まってしまった。非常に惜しいです。

沢田　次の歌も《朝》です。穂村さん、東さん、ともに△。

芽キャベツがここにいるよとキュッとなく春の香ただよう誰もいぬ朝

穂村△　東△　（大内恵美　28歳・中学校教師）

穂村　これはもう《キュッとなく》でしょうね。なきそうですよね。

沢田　同人評「《キュッと》鳴いているんですよ！　芽キャベツが。知らなかった……鳴いてるのかと思うと、生きる希望がわきます」（湯川昌美）とあるように、音を発したというのが新鮮でした。ほかのどの歌の擬人化された「芽きゃべつ」たちも無口な中で、唯一声を出しているんです。

穂村　みんな《口がかたい》とか《黙り込む》とかですもんね。

沢田　《キュッとなく》ってところから、たった一個だけが転がっているような感じがありますね。この《芽キャベツ》は善良そう。

東　集団化すると「企む」んですよ、きっと。たったひとつの《芽キャベツ》には孤独のさみしさがあって、ピュアなんですが、集団化するとねえ……交信していたり、班長決めてたり、親戚一同で待ち伏せていたり、必ず会話しているところが面白いです。

沢田　ところで、人気投票、堂々の一位は東さんでした。

芽キャベツはつやめきながら湯にうかぶ〈生まれる前のことを話して〉　穂村△　東（東直子　36歳・歌人）

沢田　穂村さんは△と冷たいですが、圧倒的な人気です……この評がいいかな、「芽キャベツが浮かぶピカピカのステンレス鍋や、つやめいている芽キャベツのグリーン、立ち上る湯気や匂い、台所の蛍光灯。全てが一瞬にして気持ち良く現れ、謎めいた言葉とともにすごく印象に残ります」（本下いづみ）。

穂村　《つやめきながら》がリアルでいいけど「未生以前」というひとつのパターンがあるので、もう一歩ふみこんで、生まれる前は○○まで言ってほしいかな。

東　「芽きゃべつ」という題をもらって、さっそく買ってきて家で調理したんですが、煮たりした方がつやが出るのね。煮るとどんどんすさんでいくはずなのに一瞬生き生きとする。それがコワかったのです。「生まれる前は○○」まで言っちゃうと作りすぎるような気がするのですが。

穂村　この場合そうかもしれませんね。「生まれる前は○○」モノのバリエーションにはこんなぶっとんだのもあります。

　とほき世のかりようびんがのわたくし児田螺《たにし》はぬるきみづ恋ひにけり　　斎藤茂吉

かりようびんが（迦陵頻伽）は、人頭、鳥身で雪山に棲むという幻の鳥のことで、《田螺》はその私生児だと言うんです。

沢田　あ、そうだ！　忘れてはいけない。今回は穂村さんの投稿もありました。

芽きゃべつを覚えましたと嘘をつく四月　芽きゃべつなんか知らない

穂村　東（穂村弘　37歳・歌人）

沢田　投稿というか、実のところ、もともとこの「芽きゃべつ」の企画は、穂村さんのこの歌から始まったんですよね。穂村さんと吉野朔実さんが食事をしたときに、穂村さんが「これ何？」と尋ねたものが「芽きゃべつ」だったわけです。「えっ、芽きゃべつを知らないの？」ということで吉野説明があり、その帰宅後穂村さんが吉野朔実に送ったという恩知らずの歌がこれ（笑）。それへの吉野返歌が、「おやすみなさい」の歌。で、その遊びに私がとびついて、コンペへと拡大したわけです。つまりこの二首は、厳密には応募作品ではないんですね。でも、この歌好きです。《芽きゃべつ》の繰り返しと、《四月》《知らない》の「し」音の繰り返しが、とてもいいリズムを生んでいると思いました……なんてプロにこんな言い方をするのは僭越ですが。

東　エイプリルフールの嘘だとしたらずいぶんヘンな《嘘》ですね。ほんとにどうでもいいような《嘘》。でもハタ、と思ったんです。もしかしたらここに出てくる人は万事がこの調子なんじゃないか、と。《芽きゃべつ》にあたる部分が「愛情」や「約束」や「理解」だったりしたら、非人間的な歌ですね。四句目の途中の一字空きも殺伐としていますね。うーん、読めば読むほどヘンな歌だ……あ、ホメ言葉です。

穂村　なんか、ぼくの性格から逆算して言ってない？（笑）。「芽きゃべつ」はなんとなく存在は知ってましたよ。そういうのがいるなって。吉野さんに習うまで名前を知らなかったんです。でもこのあと、初対面の本下いづみさんに「はじめまして。芽きゃべつを知らないんじゃこれも知らないでしょう」とエンダイブとトーミョーをいただきまして、それらは存在自体初めて知りました。変わった名前ですよね。仏教用語みたい。

沢田　じゃ、問題。「アーティチョーク」ってどんなだ？

穂村　……。

空・海

イラスト・「空」納見佳容
「海」脇澤美穂
（女子プロレスラー）

単調なお題に業を煮やしたのか、同人の吉野朔実さんから、こんなお題をいただきました。『空』か『海』どちらかひとつ。いくつ詠んでも可。ただし、どちらかひとつしか詠んではいけません。漢字で『空』『海』と入れること。それ以外は何でも可《空色》《海亀》など」。空派・海派ときれいに分かれたのが面白かった。お題はほかに「ギリシア」、映画『遊星からの物体X』。

穂村&東の選【空】16首【海】10首+4首

【空】

○○ 青空を背負って来ましたありがとう持って帰るのそうですごめんね　吉野朔実

○○ 回転を今すぐ止めろ偽星空あいつの腹に矢印ぶち込め　本下いづみ

△○ 空高くに見たよ見たよ流れ星　口いっぱいのスイカのタネと　鶴見智佳子

○ 携帯に寄り添い歩く皆々様。そいつは全部空耳ですぜ　本下いづみ

○ 空豆はすでに無くなり枝豆はいまだ現れず末法のビール界　針谷圭角

△△ このままで浮かんでいたいよ暮れの空　首都高渋滞13キロ　ねむねむ

△△ 飲み疲れうだうだ歩く尾張町自戒なき身に空は白ばむ　針谷圭角

△ 仄暗き便所の脇のどくだみは夕べ空から舞い降りて来た　本下いづみ

△ なるべく空が高くある日に消えてしまおう空気の密度が変らぬように　長濱智子

△知りつつもユーゴ空爆他人事スターウォーズを首長くして　針谷圭角
△鼻先のカツブシ見落とす猫の目に届いているか夜空の星は　藤田千恵子
△放心の目に空を見る魚のことあなたに語る午後の桟橋　東直子
△沈黙の兵士ふたたび目を開く朝がきました　あれは空です　東直子
△すこしずつ手首足首ずれてゆき空にしぼんでゆく王子さま　東直子
△花びらを空でつかめばシアワセになれるってホント？　ついマジになる　篠原尚広
△降りそうな空見上げてもまだ思う帰りつくまで待ってくれると　梅田ゆに子

＊

【海】

○海底を見上げるように浮いてみる　まだ見ぬあなたの死の日を想う　山本充
○◎遠浅の海で夢中の潮干狩りふと気がつくと父が見えない　梅田ゆに子
△△今からはわたしとあなたの秘密です海で三回死にかけました　那波かおり
△海と薔薇見くらべている鎌倉に二人している意味は問わない　稲葉亜貴子
△なぜだろう　今まで好きになったのは海辺育ちのB型ばかり　大塚ひかり
△フグの顔見分けられると豪語する板前の住む国東の海　藤田千恵子
△灰落とす手ごたえあやし遠海の電波とどかぬ人身売買　冷蔵庫
△好きだった海　海で見たあのこ　風がぬるい　いちばん暑い日曜日のこと

△太陽と海と生きればいいじゃない！こんなセリフでふられたあの日　鶴見智佳子

△夕港にゃあにゃあ舞いし海猫は友にあらずとアカトラの跳ぶ　広瀬桂子

＊

【ギリシア】

△わんこがね行くとこどこでもついていく　おっきいちさいかげもなかよし　鶯まなみ

△おそるおそるでもじっくり見る肉市場あかいかたまりピンクのかたまり　鶯まなみ

＊

【ホラーシリーズ／遊星からの物体Xを詠む】

◯◯血中の物体Xむせび泣く「君ニナリタイ」「僕カラ出タイ」　沢田康彦

△南極の十万年目君になる　いやがらないで火を向けないで　ねむねむ

＊

東　私、だいたい〝しみこみ〟系の歌が好きで、でも〝しみこみ〟系の歌って、うまく説明できないことが多いんだけど。

沢田　何ですか？〝しみこみ〟系って？

東　しみこんでくる歌ですよ（笑）。うーん、なんて言うか、5W1Hのような状況的なこととは無関係に、つまり具体的なことはあまり書かれていなくても、しかしゲル状になってひたひたと心に「しみこんで」くるような歌のことです。普通、ものごとって、感知→識別→判断→理解（共感）の順で記憶に残っていくのだと思うのですが、この識別→判断の過程をすっとばして、直接共感できてしまうような。
たとえば、二人とも○でとっている、

青空を背負って来ましたありがとう持って帰るのそうですごめんね

穂村○　東○　（吉野朔実　40歳・漫画家）

これですが、誰が何をどうしたっていうのがよく分からないけど、とてもしみこんできますね。《青空を背負って来》たという爽やかなイメージと《ありがとう》《そうです》《ごめんね》という、主語も目的語もない抽象的で微妙な言葉のやりとりが裏にドラマを感じさせ、惹かれるんです。

穂村　これ、会話だとするとどこで切るのかな？

東　つまり《青空を背負って来ました》《ありがとう》《持って帰るの》《そうですごめんね》かな？　ん？　《青空を背負って来》た人間がいて、それを当然受け取れるものだと思った人がいて、でもまた《持って帰るの》と言われて……ん？　おかしくなってきたぞ。

穂村　《青空を背負って来ました》がまずAですよね。これは動かない。最後の《そうですごめんね》もたぶん切れないから、これもAで、《背負って来》たのと同じ人。そうすると《ありがとう持って帰るの》は、やっぱりあとで《そうです》が来るってことは《持って帰るの》が問いかけということで、《ありがとう》と同一の人の意識だとしか読めないからこがB。すると全体はABAの構造かな、と。ちょっと分かりにくいんですね。《青空を背負って来ました》と一人が言って、《ありがとう》と受けて、ちょっと間がある感じで、あれ《持って帰るの》？　と聞くと、《そうですごめんね》と答えたと。一応そういうふうに読めるんだけど、印象としてはもっと心の中が錯綜している感じがしますね。それはたぶんABAと分けられるような「二人の人間の会話」というほどはっきりした意識では書かれていなくて、全体が一人の人の記憶というのかな、それに基づいた言葉だからじゃないかという気がするんです。どんなところにそれが出ているのかというと、たとえば《青空を背負って来ました》とAさんならAさんが自分で言うかなっていう気がして、これはむしろ作者が「あのとき誰かが《青空を背負って》やってきた」っていう感覚を想起して書いている感じがする。要は何かすごくほしいものがあって、それをごく近くまで持ってきてくれた人がいて、とても心が近づいたように見えたのに、結局どこか微妙なすれちがいがあってうまく行かなかった。そして今記憶の《青空》のようなものだけが自分の中、というか手元には残っていて、実体としての《青空》にはもう決して手が届かないんだというような、そういう喪失感みたいなものを詠んだ歌ですね。

東　森鷗外にこんな歌がありましたね。

爪を嵌む。「何の曲をか弾《ひ》き給ふ。」「あらず汝《な》が目を引き掻かむとす。」　森鷗外

これは琴の爪をはめた女性に何の曲を弾くのかきいたら、曲を弾くんじゃないの、あなたの目を引っ掻くのよ、と言われたという歌です。簡単な会話なんだけど、このシンプルなやりとりだけで対話の関係性がくっきり見えて、裏側のドラマを想起させてくれるんですが、吉野さんの歌はカッコでもくくってないから、錯綜していますね。

穂村　はっきり提示されたものって《青空》だけだから、どうしてもこっちの心の中にその《青空》の感じだけが残っちゃいますね。とてもうまい。吉野さん、作風が確立した感がありますね。

海底を見上げるように浮いてみる　まだ見ぬあなたの死の日を想う

穂村○　東○（山本充　編集者）

沢田　「海」編。こちらも二人が○。

東　これもわりと抽象的な感じなんだけど、この情景はよく分かりますね。面白いと思ったのは、《海底を見上げるように》という屈折感です。普通《海底》は《見上げ》ず、見下げ

るものなんだけど、《海底》を上として見るというところに特長がありますね。《まだ見ぬあなた》は未来の恋人ととっていいでしょうか？　まだ会ったことのない恋人のその《死の日を想う》というのは、ずいぶんと暗い趣味なようで、でも歌全体は不思議にほのぼのと明るい……そういうところに魅力を感じます。分からないのは《まだ見ぬあなた》が具体的にいる《あなた》なのかどうかってところですね。

穂村　《まだ見ぬ》が、《あなた》にかかるか《死》にかかるか、ということですか？

東　そうです。まだ会ったことはないけど、きっと未来は心を寄り添い合うだろう恋人が、いつか死んでいくんではないか……というふうにとるのかなあ、と私は思ったんです。

穂村　うん、ぼくもこの《まだ見ぬ》は《あなた》にかかった方が面白いと思うんだけれど、まずこの歌から強く感じるのは、「若さ」ってことですね。この作者は間違いなく若い。《海底を見上げるように浮いてみる》というこの倒錯感とか、《まだ見ぬあなたの死の日を想う》っていう表現から何を感じるかと言うと、この「私」の前方にものすごい膨大な時間が広がっていて、それは「未来」ってことですけど、その未来においてさまざまなものに出会って、さまざまな経験をするだろうっていうことですね。「私」にとってそれはすごく強いあこがれであると同時に恐怖でもある。この《まだ見ぬあなたの死の日》っていうのが、その恐怖が言わせた表現というか、これから先自分がかけがえのない人と出会うであろうプロセスとか、そのあとに続く膨大な時間、それからその最後に来るような相手の《死》とかですね、そういったものの全体を想像することに耐えられないというのか、意識がショートして焼き切れてしまう感覚ですね。なぜ《まだ見》てもいない《あなたの死の日を想》わなきゃいけないのかっていうと、結局それは自分の未来というものに対するあまりにも強い思いっていうのかな、それがここに込められているのじゃないでしょうか。青春を歌った代表的な歌集としては、春日井建の『未青年』というのがあるんですが、その中にもこの感覚は頻出していて、たとえば、

火の剣のごとき夕陽に跳躍の青年一瞬血ぬられて飛ぶ　　春日井建

《青年》がジャンプするとき背後に《夕陽》があって、その《剣》のような光に貫かれながら跳ぶという歌ですね。あるいは、

火祭りの輪を抜けきたる青年は霊を吐きしか死顔をもてり　　春日井建

《火祭りの輪》を抜けてきた、いちばん元気のいい盛りにあるはずの《青年》が、その祭りの儀式をやったあとに、一瞬たぶん放心してるんだと思うんですけど、その顔がデスマスクのように見えると。青春の極点にあるものが、死を背負っているように見えるっていう感覚は、誰しもある程度分かるものだ、と思うんです。死に近づく感覚。それは現実の生の終点にある肉体の死じゃなくて、心の死がせり上がってくるというのか、そういう感覚にこのと

き捕らわれていたんじゃないかな。あるいは、

いらいらとふる雪かぶり白髪となれば久遠《くをん》に子を生むなかれ　　春日井建

恋人か妹の髪に《雪》が降り積もっていてそれが《白髪》のように見えると。一瞬の死の幻影のようなものを感じたんでしょうね。それによって逆に若さというものが、強く感覚される。この《海底を見上げるように浮いてみる》というのも、単純に転倒させているんじゃなくって、そういった自分の中に死がせり上がってくる感じがこの表現を生んでいるんだろうと思いました。

沢田　写真のネガを見るような歌ですね。実際に写っている世界が明るければ明るいほど、その反転面は暗いという。

穂村　そうですね。あと、もうひとつこの歌で感じるのは、これは「男の歌」だなっていうことですね。この何か罰されている、罰を受けているような感じ。まだ罪を犯していないのにすでに罰を受けている感覚というのが、どこか男の青春歌にはつきまとう。《血ぬられて》《死顔》《白髪》、いずれもそうなんですが。もっと直接的な「罰」の青春歌にはこんなのもあります。

棒高跳の青年天《そら》につき刺さる一瞬のみづみづしき罰を　　塚本邦雄

沢田　女の人は「罰」に気がつかないんですか？
穂村　もっとどこかタフなんですよ（笑）。
沢田　罰を受けるより、人を罰するとか。
東　そ、それはケース・バイ・ケースなんでは……。
穂村　こう言ってはちょっと単純すぎるかもしれないけど、生命の連鎖みたいなもの、つまり生物学的な生命の連鎖みたいなものからは、男ははじかれているでしょ。そういう孤絶感とも関わっているような。たくさん歌を見てくると、やっぱりその辺に性差があるなって気はしますね。
東　でも男の人がいないと連鎖できないのにね。孤絶感というより、不安感なんじゃないかな。男の人って常にその点でビクビクしている、ような気がする。今すぐ死んじゃうんじゃないか、何も残さないまま、という感じの。この弱気な感じを表現するとしたら短歌が一番向いてるんじゃないかな。

血中の物体Xむせび泣く「君ニナリタイ」「僕カラ出タイ」
穂村○　東○　（沢田康彦　42歳・編集者）

沢田　こちらは、「空」「海」ではなく、「ホラー映画『遊星からの物体X』を詠む」から。

東　この映画も私は見てないので、想像で読んじゃうんですけど、これは寄生生物の叫びでしょうか。切実な叫びですね。哀しく切なく、きちんとコワい。沢田さんの歌はいつもきちんと整合性があって、それが逆にコワさを醸し出したかな、と。カタカナ表記も異物感を出すことに成功していると思います。

穂村　前の「分離帯超えて」の歌もある種の「一体感」が歌われていると思うんですが、ここにも《君》と《僕》とに分離されたものの倒錯した関係が歌われています。映画の中にこんなシーンがあったと思うんですけど、でもその事実を離れてもどこか人間の深いところにある感覚だと思うんです。さっきの「あなたの死の日を想う」っていうのも、歌われてるのは《あなた》なんだけど、どこかそれは「われ」に通じてるんですよね。その倒錯感が《海底を見上げる》という表現に出ていると思うんです。「君とわれ」ってみんな言うけど、結局「君とわれ」はどうなりたいのか？　っていうのは分からない。よく「ひとつになりたい」とか「一体化したい」とか言うけど離れてるからキスしても楽しくて、たまに一緒にいたら貴重なことが、本当に「一体化して」二人が一人になったら面白いのかな？　って。さらに言えば、実際にすごく心が寄り添っているときの、ひとつになる、というよりも、むしろ距離がマイナスになるような、倒錯する感じという……そのへんの恋愛の本質的なテーマに触れてくるところがありますよね。そのあたりを《血中の物体Xむせび泣く》という歌い方で押さえていくのが面白かったです。

沢田　では、あと、「空」「海」から何点か見ていきましょうか。

穂村　えーと、本下さんの歌がここに至って一気に開花しているような感じがしました。

回転を今すぐ止めろ偽星空あいつの腹に矢印ぶち込め

穂村△　東◯（本下いづみ　39歳・絵本作家）

穂村　この《偽星空》と、次の歌、

携帯に寄り添い歩く皆々様。そいつは全部空耳ですぜ

穂村◯　東　（本下いづみ　39歳・絵本作家）

っていう《空耳》の感覚。これはどちらも共通したものですね。つまり、普通は本当だと思われているものが、実は偽物だっていう感覚。これはさっき言ったように、目の前の現実というものを否定して、その外側を見ようという思いでしょう。今は目に見えてない本当の星を見ようとか、今は耳に聞こえてない本当の声を聞こうとかといった意識がこの背後にはある。それは、もう一首の、

仄暗き便所の脇のどくだみは夕べ空から舞い降りて来た

穂村△　東　（本下いづみ　39歳・絵本作家）

にも現れていて、《どくだみ》っていうものが土から生えてきたんじゃなくて、《空から舞い降りて来た》んだ、「こっちが本当なんだ」と「思おう」としてる。それが全く無根拠だったら人は、「んなことあるわきゃないよ」と言うんだけど、この《どくだみ》とか《便所の脇》っていう言葉にはある程度人に「ひょっとしてそうかも」と思わせる力があるんです。同じタイプの有名な歌に、

夜の庭に腕光らせる三輪車空より降り来て置かれし位置に　　島田修二

というのがあるんですが、現実ではありえないことだけれど、すごく説得力があるんですよね。《腕光らせる》が見事ですが、その根本には自分の子どもに対する思いの深さがあると思います。要は、現実の外側を見ようとする意識というのが短歌では必要だってことなんですが、デタラメを言っても誰も説得されないから、そのへんをどういうふうに持っていくかということ、それがみんな苦労するところなんです。私なんかもしょっちゅうそれをやろうとしてはハジキ飛ばされてしまうような、単なるデタラメを書いてしまうのですが（笑）。本下さんは、そのへんの感覚を支える力が上がってきているように思いました。

沢田　やっぱり悪意に満ちていますよね。

穂村　ええ。《寄り添い歩く》というあたりにもね。的確な表現なんですけど、悪意がある。

東　《皆々様》にも。

穂村　明らかに侮蔑の感情がありますね。《空耳ですぜ》という言い回しにも、日常にどっぷりと漬かって現実をなぞるように暮らしている人間に対する呪詛がある。それを、一方的に高みから言ってるんじゃなくって、自分ももちろん普段はその仲間であり、その一人だろう、けれどもそれは本当の世界じゃないんだと。《携帯》電話の中で無数に語られているたくさんの、ビジネスの話や、愛の言葉とか、そういうものは《全部空耳ですぜ》っていう感覚ですね。この歌などは悪意というものが面白い形で出てる。かつて「口が臭くて髭が生えてる」っていうむき出しの悪意だったものが、ここに至ってある種のなんというか……。

東　言語的な技巧でもって磨かれはじめた、ってことですね。

穂村　そうですね。こっちの方がより感じが悪いとも言えるんですけどね（笑）。

東　感じ悪いですよねえ（笑）。

穂村　一首目「回転を」の歌はストレートですね。

東　「空」というお題で《偽星空》って表現は凝ってます。勢いのある諧謔的描写でありつつ、どこか哀しく官能的。空に《矢印ぶち込》むのは気持ちいいだろうなあ。

沢田　これ、誰に《ぶち込め》って言ってるんでしょう？　誰に対して命令してるんでしょうか？

穂村　自分に向かって言ってるように感じます。《あいつ》の方は、本当の敵みたいなものかなあ。《回転》が続くっていうのは、日常がただ続くっていうことだと思うんですけど。それが続いている限り自分の前に本当の敵の姿は現れないという感覚を持っていて、その回転を止めたときに、自分の前に立つ何者か、そこに見えてくる何者かがあって、それが自分の敵というのか、本当の目的物だという感覚じゃないかな。ひょっとするとそれは自分自身かもしれない。

東　愛情の対象とも読めますね。《あいつ》イコール「彼」。

穂村　本当の世界が見たいという気持ちが伝わってきます。

東　現実に対する不如意な感じがあるんですよね。

穂村　うん。だから、現実に《星空》とか《携帯》とか……《星空》は一般的にはいいものとされているし、《携帯》というのも現実の世界で力を持っているものですよね。そういうものに対する悪意が生じていて、《便所の脇のどくだみ》っていうのは要するに世界の中では「つまんないもの」ですよね。そっちの方に肩入れしてるわけでしょう。だから《偽星空》に対して、《どくだみ》が《舞い降りて来た》《空》というのが、私にとって本当の「空」だという意識でしょうか。

沢田　《偽星空》って、プラネタリウムのことではないでしょうか。プラネタリウムのガイドって、星教えるとき《矢印》使うでしょ。あの状況を歌っているんじゃないかな？　あの《偽》の姿を現実に仮託して描いているのでは？

穂村　あ、そうか。そのイメージはありますね。《回転》というのは、確かにそんな感じがあるなあ。だとすると、《あいつ》イコール《偽星空》ってことになりますね。

沢田　いや、でもやっぱり《あいつ》を東さんの言う「彼」とか穂村さんの言う「敵」とかととって、《矢印》をそんな偽の空にうろうろさせてないで、私にはできない攻撃を《あいつ》にしてやって！　と解釈できるかも。《矢印ぶち込め》は愛情の告白ともとれます。プラネタリウムをぼおっと見つつ、ふと湧いてきた女の心の叫び、とか。

空豆はすでに無くなり枝豆はいまだ現れず末法のビール界

穂村○　東　（針谷圭角　51歳・飲食業）

沢田　これは、穂村さんが○。前にも触れた歌です。

穂村　前に言った通りなんですけど、《空豆》《枝豆》《ビール》という日常の場にもうひとつの座標軸を重ねることで全然別の世界を作り出している。注目すべきなのは、この人が《空豆》《枝豆》《ビール》のある日常の楽しい場においても、ある種の「しかしここは末世」だというのかな、ネガティブな視線を持っているということですね。硬派な視線。自分もその中にどっぷり浸かっているけれど、でもここはもうある意味でひどい世界なんだという感覚がある。ここでは冗談の形をとってますけど。それは次の歌にも出ていて、

知りつつもユーゴ空爆他人事スターウォーズを首長くして

穂村△　東（針谷圭角　51歳・飲食業）

これも同じく批判だと思うのですが、現実の世界での重い事象があるにもかかわらず、我々はそこに体を差し込んでいくことができない。で、現実の空爆ではなくって、《スターウォーズ》の戦争の方を、自分を含めた今の日本の人々は首を長くして待っているんだっていう、非常にシニカルな歌ですね。こちらも△でとりました。《首長くして》という表現のあたりが、さっきの《空耳ですぜ》にもちょっと通じると思うんですが、そういう人間っていうのはもはや人間以外の化け物に変化しちゃってるっていう感覚をこちらに伝えてくるところがあると思うんです。別の姿を持ってしまった、と。つまり《ビール界》というのが別の世界であるように、この醜い世界で生きている人間、《スターウォーズ》を《首長くして》待つような現代の日本人っていうのは、別の化け物になっているというようなニュアンスがある。

沢田　ろくろ首ですか。そう読むとコワいですね。まさに「エピソード１」に出てくる宇宙

人のような。この人の歌は、とっても団塊の世代の匂いがします。
穂村　ありますね。
東　このシニカルさを淡々と描いているところが好きですが、やっぱりもう少しつっこんで作者なりの感情や比喩のようなものを入れてほしい気がしました。
穂村　それから、何点か細かいところに触れておきたいんですが、

空を見て歌わんとすれども歌も出ず　月の暗きを睨んでいるだけ

穂村　東　（柳沢治之　42歳・歯科医）

印をつけませんでしたけれども、ここの《歌も出ず》の《も》はぼくなら「は」にしたいと思いますね。《も》に主観が出すぎるということで。それからもうひとつよくあるパターンで、東さんの、

放心の目に空を見る魚のことあなたに語る午後の桟橋

穂村△　東　（東直子　36歳・歌人）

口語でいちばん問題になるところなんですけど、この場合はまず意味的に《放心の目に空

を見る》が《魚》にかかるだろうというのは推測可能なんですけど、ただ文法的にはこれ、《見る》が終止形か連体形かの区別ができないんですよ。つまり《放心の目に空を見る》のは「自分」で、ここで切って、いったん「。」で終わらせて、《魚のことあなたに語る午後の桟橋》って読みができちゃう。この場合はまずそれはなくて、「空を見ている魚のことを」語るという、連体形だろうと思いますが、ただ確定はできないですよね。で、意味的に二重に読めるケースが頻出するんで、この点はぜひ口語で短歌を作るときには押さえておいていただきたいと思います。よくみんな苦肉の策で、終止形ってことをはっきりさせるためだけに一字空けにしたりするんですよね。

沢田　それは「守りの一字空け」ですね。これはどっちにとられてもけっこうだ、って歌にしてはいけないんですか？

穂村　うーん……、どうなんでしょう。その人の考え方だと思うんですけど、ぼくはそこのところは強気に出るべきじゃないと思いますね。そこで読みが分かれるのはやはりまずい。

沢田　このケースは今後もしょっちゅうぶつかりそうです。

穂村　はい。口語における問題は、すぐ思いつくだけで三点あります。前に言った「叙述にはいいけど描写にはちょっと弱いところがある」ということと、今の「終止形と連体形を混同させやすい」ということ、それからあとは「結句」ですね。結句、一首のいちばん終わりの部分のバリエーションが少ないということ。つまり、みんなの歌をざっと見ても分かるんだけど、体言止め……名詞で止めるケースが増えちゃう。あとは「何々しながら」とか「何々だから」とか「何々して」とか「何々まで」とか、そういうふうにするしかない。あと命令形とか……さっきの《矢印ぶち込め》もそうでした。どうしても盛り上げようとするとそういうふうになっちゃうんですよ。なんでかというと、普通の終止形で終わるとなんとなくしょぼーんとしちゃうんですね、口語の場合。「なんとかかんとかなりけり」とか言うと、盛り上がるんですけど、「思う」とか「歩く」「食べる」とか言うとなんだか弱い。

東　どうもポイントがゆるい感じになっちゃうんですよね。流れるというか。でも、口語・文語にあまりこだわらないで、その歌の内容やリズムに合わせて選ぶ、ということでいいんじゃないのかな。いろいろ試してみるのがいちばんです。先ほどの話を逆から見れば、口語には微妙な心情をさりげなく伝える力、良さがありますしね。

遠浅の海で夢中の潮干狩りふと気がつくと父が見えない

穂村△　東○　（梅田ゆに子　37歳・会社員）

東　私が○、穂村さんが△。陶酔するような哀しみの溢れている歌だと思いましたね。《遠浅》《夢中》《潮》……ひとつひとつの言葉に透明感があり、遥かなイメージの中で響き合っているからだと思います。家族とのなんでもない時間がふいに空白になる、そんな普遍的な不安感も感じました。《父が見えない》って表現がいいんですよね。
穂村 そう。なぜか「母が見えない」じゃだめなんですよね。
沢田 《父》の方がいなくなりやすい人。
穂村 ところで、この《ふと》というのも要注意ですね。「初心者愛好語」というんでしょうか。《ふと》って言われると、言われた方は《ふと》じゃないじゃん、って思っちゃうんですね。
沢田 前にも出ましたが、説明してる時点で無意識ではないということですね。
穂村 ええ。この歌の場合はそんなに気にならないのですが、この語には注意しましょう。まあぼくもよくやっちゃうんですけどね（笑）。「突然」とか「ふいに」とか。「突然」なんて、あんたが書いてるだけじゃんって、自分で書いて自分でつっこんだり。つい書いちゃう。
沢田 「つい」！

今からはわたしとあなたの秘密です海で三回死にかけました

穂村△　東△（那波かおり　41歳・英米文学翻訳家）

東 《今からは》って「今から話すことは」って意味でしょうか。男女の出会いの暗喩みたいなものともとれる。

穂村　自分だけが《死にかけ》たともとれるし、性愛的な、あなたとは《三回死にかけ》るほどの経験をしたの、ともとれますね。

沢田　「死ぬ」は山田詠美の言う「快楽の動詞」ですからね。でもこれが実際の自殺の告白だとしたら、《あなた》はイヤだろうなあ（笑）、ボートの上だったりして（笑）。押しつけがましい秘密の告白はつらいなあ。打ち明け話を聞くことってリスクを必ず伴いますよね。「ここだけの話」には、わくわく感もあるけど、その分の暗黒面もついてまわる。そういうイヤ感がある歌ですね。

このままで浮かんでいたいよ暮れの空　首都高渋滞13キロ

穂村△　東△　（ねむねむ　27歳・会社員）

沢田　この歌は《首都高》に《浮かんで》という感覚がうまいと思いました。ちょっと手塚治虫のような、未来社会的雰囲気もあって。同人評「車がすいすい流れて空を飛ぶよりも、渋滞で浮かんでいる方が絶対カッコいいと思わせる歌です。あえて字余りにした《よ》にも、いろいろな意味が込められていて、さすがねむねむさん！　同乗者がいらついたり、尿意をもよおしていないことを祈るのみです」（本下いづみ）。

穂村　詠み手は渋滞をイヤがっていないわけですね。

東　助手席に座っているんでしょうね。気持ちいいんですよね。運んでもらってると何も考えない。幸せな判断停止状態。
沢田　運転する方は地獄かもしれません。
穂村　でも、同乗者がこう言ってくれると幸せですけどね。普通イライラされることの方が多いですよね（笑）。
東　相手によるってことでしょう（笑）。
沢田　そりゃそうだ。こんな評もありましたよ。「いつも思うんですけど、ねむねむさんは歌だけでものすごい美人だと思わせる魔力がある」（長濱智子）。こういうのは批評ではありませんが。
穂村　でも分かります。ところで、この《暮れ》は年末じゃありませんよね。
東　夕暮れでしょう。どこかに行って、帰ってきたとき。年末ととられないためにも「宵の空」とかにした方がいいんじゃないかな。「夕の空」とか。
穂村　あと、もし音数を合わせるとしたら「23キロ」とかとすると合いますね。ただそれだとこの浮かんでる中途半端さは出ないかもしれません。この字足らずの切れた感じの方がやっぱりいいのかも。でも、ねむねむさんは五七五七五の字足らずが多いような気がするなあ。
沢田　あと、ぼくなら《13キロ》をカギカッコに入れるな。「13キロ」とする。最後の音数が五とか六で終わる形。

穂村　あ、それいいですね。電光掲示板の渋滞情報のイメージですね。

東　それからですね、《暮れの空》と来て《13キロ》と来る。つまり、体言止めがふたつ続くのが、ちょっと気になりました。この歌はそうでもありませんが、かたくなるというか単調な印象になりがちですよね。

穂村　この歌の場合は宙づり感が命なんで、敢えてやっている気がしますが、実際口語で短歌を作っていると、よくそうなっちゃうんですよね。この歌もそうですよ。

箱庭の打ち上げ花火届かない空　色とりどりの短い夢

穂村　東　（鶴見智佳子　33歳・編集者）

東　歌として、ぶちぶちと切れすぎて、流れを阻害することが多いですね。もし簡単に変えられるなら、避けていった方がいいでしょうね。

沢田　同じ作者のこっちの歌は、東さんは○、穂村さんは△ですね。

空高くに見たよ見たよ流れ星　口いっぱいのスイカのタネと

穂村△　東○　（鶴見智佳子　33歳・編集者）

東　《口いっぱいのスイカのタネと》いっしょに《空》を見上げる構図が不思議にさびしくていいなあ、と思いました。小さなスイカのタネに、抱え込んでいる願いを託しているような気がしました。溢れそうな、ね。

沢田　《見たよ見たよ》ははしゃいだ感じと同時に、流れ星が複数次々流れてるようにも感じさせてくれます。《タネ》と一緒に見た、ってことですよね？

穂村　《流れ星》と《タネ》がちょっとだけオーバーラップしていいですね。《口いっぱいの》《流れ星》。

沢田　ところで先ほど一首に触れましたが、東さんの投稿、三首ありました。どの歌も同人の心を摑んだみたいで、いい評が集まりました。最近は、同人のみんなが「評」にも力を注ぐようになっていて、こういうのを読むのがまた楽しくなっています。

東　人の歌を批評することによって、自分自身の問題も分かってくる。人の歌をいいな、もっと読みたいな、と思えると楽しいし、自分の歌もそこへ向かうようになる。

放心の目に空を見る魚のことあなたに語る午後の桟橋

穂村△　東　（東直子　36歳・歌人）

沢田　同人評『空』の歌なのに『海』の景色。ゆっくり時間が過ぎていく感じがするところもすきです」（坂根みどり）。気持ちのいい歌ですねえ！

穂村　《桟橋》がうまいですね。空と海の中間という感じ。

沈黙の兵士ふたたび目を開く朝がきました　あれは空です

穂村△　東　（東直子　36歳・歌人）

沢田　同人評三つ。「まるで前世の記憶みたいにしっくりきます。何度も読み返しました。読むたびに、自分の中の気持ちのブレのようなものが、ふっと鎮まる」（那波かおり）、「おさすが！　技が決まったなという気持ち良さです」（吉野朔実）、「《あれは空です》。単純な作りなのに日常ではけして使うことないこの発言。とても力強く感じるとともに、どこか悲しみを感じてしまって、私は好きです」（長濱智子）。そうなんですよね。これ、《あれは空です》がものすごいと思いました。こんなセリフ生まれてから言ったことがない。すでに抽象となっているようなものを教えるのって、インパクトありますね。穂村さんの有名な歌も思い出しました。

呼吸する色の不思議を見ていたら「火よ」と貴方は教えてくれる　　穂村弘

けれども、穂村さんのが一対一の安定した関係性を歌っているのに対して、東さんのは誰のセリフか分からないところに、何か不安感が伝わってきますね。

穂村　実は《兵士》はすでに死んでいるのかも、と。

東　下の句に悩んでぼんやりしていたら、いつのまにかこのセリフを打っていました。空をずっと見てるとものすごく不安になります。朝と夕方はとくに。

すこしずつ手首足首ずれてゆき空にしぼんでゆく王子さま

穂村△　東　（東直子　36歳・歌人）

沢田　同人評をふたつ。「空の気まぐれな造形と対話をするような」（やまだりよこ）、「なんとも不安な気持ちにさせる歌です。それが現実感のない《王子さま》だと知り、ちょっと救われた気になるところがまたかえってもの悲しい気にもなるのです。巧みに精神状態をコントロールされているみたいでコワイ」（本下いづみ）。これ、雲のことですか。

東　巨大バルーン人形のさみしい結末を歌にしてみました。時代に取り残された一国の王子とのダブルイメージなのですが。

穂村　うーん、バルーン人形か。普通そうは思わないよなあ。状況を明示しないことで感覚だけを手渡すという得意技ですね。

沢田　ところで、「空か海」ってお題はいかがでしたか？

穂村　面白かったですねえ。ぼくは「空」チームの方がよかったかな。

東　「海」の方がイメージが限定されちゃうのかなあ。どちらも好きな歌はたくさんありましたが。

穂村　「空豆」とか「空耳」とかがある分、自由でしたね。

東　「海」イコール「恋」みたいなつながりにどうしても捕らわれてしまうのかもしれませんね。でもなぜか題詠をすると「海」の入った歌が多いんですよ。名脇役といった気がします。「空か海」って聞くと即座に、

白鳥《しらとり》は哀《かな》しからずや空の青海のあをにも染まずただよふ　　若山牧水

を思い出します。色のコントラストがとてもきれいで、内面の感情もしみ出るように伝わってくる名歌です。「空」や「海」を見つめ直すのは、短歌を作る上で非常によい企画でしたね。

自慢する

イラスト・黒田福美（女優）

生きているとあちこちで自慢する人に会います。なんとかがうまいことから始まって、えらいとかカッコいいとか美人だとか、お金持ちだとか貧乏だとか、子ども自慢もあればペット自慢もありますね。でも、どうもおおっぴらに自慢するのは「みっともない」とは誰もが（少し）自覚しているわけで……。「猫又」ではその微妙な感じを敢えてお題としてみました。晴れて自慢してみるもよし、自慢を哲学するもよし。主宰の敬愛する長与千種さん率いる女子プロレス団体《ガイアジャパン》勢も参加で「猫又」はさらに華やかかつパワフルになってゆきます。ってこれも自慢。

穂村&東の選【自慢する】27首

○△ 二割方サドルにけつをつけたまま近所の坂を上まであがる　えやろすみす

△○ 君たちの失敗談なら一つずつ今でも言える　級長だから　沢田康彦

△○ 噛みつきとチェーンと棒と反則はあたしの技さ文句は言うな　尾崎魔弓

○○ 「友だちへ戻るにはもう好きになり過ぎた」と言ってくれる声など　中村のり子

○○ うちの前の国道はしょっちゅう車がぶつかる音がする　宇田川幸洋

○○ 「なんか甘い。あんドーナツの味みたい」とキスした後に言われました　戸所恵利

○○ 聞こえるか草や獣の笑い声誉めてあげよう手柄話を　本下いづみ

○○ こんなめにきみを会わせる人間は、ぼくのほかにはありはしないよ　穂村弘

○「つ」ができたよー、おかあさん　ホースの水は一時停止す　石井佳美

△私かて声かけられた事あるねんで（気色の悪い人やったけど）　坂根みどり

△いいでしょう？どれもこれらもそれらもね　ほんのわたしの　あれ　なんですわ　平田ぽん

△パソコンもケータイもカードもメンキョもホケンもなく現代人をやっている　宇田川幸洋

△自慢をしないでひとからほめられるようにするのがうまい生き方　宇田川幸洋

△相撲なら自信が有ると四股をふむ　みんなそっぽをむいちゃうんだよね　渡邉晴夫

△三頭筋、上腕筋にヒラメ筋、全て私の自慢の筋肉　長与千種

△皮下脂肪、下腹・臀部・あごの下、全てシュガーの自慢の筋肉　長与千種

△人はいうあんな男はやめなさいそうよわたしのラマンは駄マン　清野ゆかり

△セルリアンブルーの島より退屈とうったえし人に似た眉もらい　ねむねむ

△くちびるで発光するよあたしのは鎖骨のくぼみのふたつのホクロ　よしだかよ

△何もかも抱えていてもあなたとは黙って座って月を見られる　鶴見智佳子

△自慢した帰りみちではうなだれて嘘つきでもある私をせめる　長濱智子

△自慢するまんまんちゃんの丸い顔さすさすさするころころころぶ　平田ぽん

△見てるのに見えないふりする不幸せ　１・５×２の鮮明な世界　大内恵美

△学年でズボンの太さ何番目　虚栄虚弱の浅き淵より　響一
△四十路越えこれから生きるテーマとはイイカゲンなり好い加減なり　杉山由果
△潔く禿げの未練を剃りあげるパーマも知らぬ処女のごときを　井口一夫
△月光よ　明智に化けて微笑めば明智夫人が微笑み返す　穂村弘

＊

穂村　まずこれ、題がすごく面白い。普通「自慢してる人」っていうのは自覚がないんだよね。「おれは今自慢してるぞ」っていう自覚は、あったとしても五％くらいで、無自覚に気持ちよく自慢しているっていうのが普通の状況。それが今回、はっきりとテーマとして「自慢してください」っていうのは、日常にはあり得ないシチュエーションなんです。だからこれは自ずからメタ自慢になる。私は今から自慢するんだっていうことを全身で感じながら自慢するという、そこがこの題の見所で、その上でいつも通り普通に自慢できる人はよっぽど天然か自意識の薄い人で、そこに何か必ず工夫が入ってくるはず。一首だけ例を挙げると、

うちの前の国道はしょっちゅう車がぶつかる音がする

穂村○　東　（宇田川幸洋　52歳・映画評論家）

これは普通に詠むとただ妙なことを言っているみたいだけど、「自慢する」という題のも

とで詠むと、非常に特殊なキャラクターが浮かび上がってきますよね。本来これはネガティブなことなわけだから。

沢田　うらやましくないですよね。うちの前が国道というのも、事故が多いということも（笑）。本来自慢の対象ではないことを歌ってます。

穂村　この反社会的なメンタリティで、なんとなく一癖あるおじさんのキャラクターが浮かんでくるという、このへんの面白さが全体にあるなというふうに思いました。

東　本当に自慢しているタイプと、自慢している人を描くタイプと、自慢にならないことを自慢するというタイプがありますよね。

沢田　本当に自慢したタイプの歌はすべて選ばれませんでした（笑）。

東　女性は、割と素直に、こんな自慢な出来事をさりげなく詠んでますが。

「友だちへ戻るにはもう好きになり過ぎた」と言ってくれる声など

穂村○東　（中村のり子　18歳・学生）

穂村　この歌の場合、普通の文章として見ると《友だちへ戻るにはもう好きになり過ぎた》っていうところが大事で、《と言ってくれる声など》は大して意味がないように見えるんだよね。でも短歌として見ると、これをいい歌にしている要因は圧倒的に《と言ってくれる声など》っていう部分にある。これが短歌の特殊なところで、《友だち〜なり過ぎた》っていうのは慣用表現っていうのかな、彼氏が女の子にこういうことを言うのはありそう。世界の網の目の中にこういうパターンはあるなっていう感じがします。一方で《と言ってくれる声など》っていうのは無意味なんですね、社会的価値の網の目からはこぼれてしまう言語表現。でも彼女はとてもセンスがあって、この部分が要るっていう判断ができている。これがあることで非常に個人的な「あるとき本当に一人の男の人が女の人にこう言った」という感触が伝わってくる。その《声》がどんな声か我々はわかりようがないんだけど、言葉だけじゃなくて彼女は《声》も反芻《はんすう》しているわけだよね。息遣いとか、かすれていたとかさ。

沢田　自慢の対象が、言ってくれた言葉＝内容ではなく、《声》なんですよね。

穂村　そうなんですね。我々はセリフとして最初読んでいて、《声など》って言われること で、そうか「声なんだ」って驚く。文字とか言葉とか意味じゃなくて、音で言われたんだっていう。だから《と言ってくれる声など》があることで、それをとても彼女が大事に思っているということが伝わってくる。作者は運動でいう反射神経の非常にいい人ですよね。短歌、詩をつくるときの反射神経のいい人。普通はこれ「友だちへ戻るにはもう好きになり過ぎたって彼が言ってくれたの」っていうだけで、もう自慢は済んだって思ってしまうんですよ。

東　最初読んだとき、ものすごくベタなノロケだなと思ってしまいました。女友だちから、「こんなこと彼氏に言われたの」って話されたらすごく引くだろうな、という内容に思えたんですけど、《声など》っていうことで、そこに客観性が生まれているわけですね。

沢田　こちらも客観性のある歌。

チャーハンが上手いとか　体脂肪率が低いとか　得意で話すひとを愛しむ

穂村　東　(中村のり子　18歳・学生)

穂村　これは、嫌いな相手だったらこんな自慢って聞いていられないんだけど、好きな人だと心地よく聞いていられるという。女性ってそうらしい。

東　かな。

穂村　《体脂肪率が低い》とか、いかにもありそうな自慢ですよね。「中田英寿は何パーセントだけど、俺もそれより1パーセント多いだけなんだよ」くらい、男って言いそうな感じがして、「中田の価値は体脂肪率じゃなくてサッカーにおけるパフォーマンスでしょ」っていうのが客観的なツッコミなんだけど、そういうとこ一切無視して、運動神経は全然なくても、とにかく体脂肪率だけは俺は中田といい勝負なんだみたいな。

東　これ、取り合わせが上手いですね。《チャーハン》と《体脂肪率》、ジャンルの違いが面白いなと思って。いかにもどっちも男が自慢するものとしてありそうなのね。男が作る料理って、確かに《チャーハン》。

穂村 「パラパラ感が難しいんだよ」とか、言いますよね（笑）。

沢田 この歌《とか》《とか》がうまい。その前の歌の《など》も。

東 突き放した感があります。女性のほうが優位に立っている感じがして、そういう自慢にもなっているというか。

沢田 こういう女の人はいやだけど、たいていの女の人がこうだったりして、とも思わせる。

東 次の歌のほうが女性受けするかな。

「なんか甘い。あんドーナツの味みたい」とキスした後に言われました

穂村　東○（戸所恵利　32歳・会社員）

東 恋愛の中での甘い場面を詠んでいるわけですけれども、そこに出てくる《甘い》って言われたものが《あんドーナツの味》っていうのがリアルで、女の子の甘さを例えるにしても《あんドーナツ》ってちょっとないような。油っこくって下町の味っていうのかな、俗な印象の甘さが出てくるっていうのは、想像ではなくて本当に言われたことなんじゃないかな。妙に生々しいですね。《言われました》っていうのも、ちょっとうれしいような、自分の庶民性を突かれたようなところがあったんじゃないかなと思って。ドーナツの味だと外国の食べ物ってな感じなんだけど、あんドーナツっていう奇妙な食べ物がいいですよね。

沢田　貧相ですね（笑）。読み手にツッコませてくれる歌というのか、敢えてボケてる芸人的な感じがあります。女性とのキスが《あんドーナツの味》というのはつまり「うちの前の国道」と同じ、自慢にならない自慢。

穂村　この歌は上の句が見所ですよね。《あんドーナツ》の行き過ぎ感と、アンパンよりドーナツより《あんドーナツ》がいいっていう感じがしますよね。必ずしも素敵ではない雰囲気に、人柄の素敵さが逆に投影するというか。

東　響きも甘い。「なんか」「あまい」「あん」って。

穂村　「あじ」とね。

沢田　報告口調もおかしいです、《言われました》。

東　ここのへん照れがあるのね。

沢田　「……なんて言われちゃったの、サイテー！」とか言いながら、きっちりと《キスした》ってことを報告～自慢するというワザ師だと思います。

二割方サドルにけつをつけたまま近所の坂を上まであがる

穂村○　東△　（えやろすみす　33歳・司法浪人）

穂村　これは最初、どこが自慢か一瞬わからなかったんだよね。よく読むと、つまり「十割

《サドルにけつをつけたまま近所の坂を上まで》あがれる」のが一番偉いという価値観で、なぜなら脚力が強いから。情けないやつは全部腰を上げて立ち漕ぎしないじゃんという話で、でも《二割》ってそこから比べると大して強くないじゃん？　っていうところがポイント。みたいな、これ八割方だとよりマジ自慢になって、《二割》じゃ大して強くないじゃん？　っていうところがポイント。

沢田　すごい坂なんじゃないですか（笑）。伝説の坂。

穂村　そうね。《二割》でも大したもんだ、普通はとても《けつ》なんか一瞬もつけられないくらいの坂を、俺はけつを《二割》つけたまま登れるんだぜという自慢で、これもほぼ無意味な自慢ですね。先ほど話したように社会的な価値観に引っかからないところから言葉を持ってくるというのが短歌のポイントで、その理由は、社会的に合意のある価値はその人が死んだあとも残るんだよね、例えばその人は会社の社長でしたとか、この建物を建てた人ですとか、そういうものは残る。でも《二割方サドルにけつをつけたまま近所の坂を上まで》登った、ちょっぴり脚が強い人だったということはね、本人が自己申告しなければ絶対に残らない。しかしそれも生きていた証であり、我々は立派な業績だけのために生きているわけじゃないし、その業績がその人のすべてじゃないから。このしょうもなさ、あの子の唇はあんドーナツの味だったとかね、それをすくい上げるというのが重要なんです。この「自慢する」でね、マジで自分の肩書きはこれとこれとこれでとかやられたら、すごい引くわけですよね。でも、みんなちゃんとわかっていて、その逆をついてますね。ここで求められているのは、自分が死んだら誰も知らなくなるようなものだと。「好きになり過ぎた」って言ってくれた声とかね。《けつをつけたまま》っていう言い方も、よりはかないというか、よりしょうもない方に持っていけばいくほど、一首としての価値は輝く。

東　穂村さんの歌に、

「自転車のサドルを高く上げるのが夏をむかえる準備のすべて」　　穂村弘

というのがあるんですけど、こんなふうに、《自転車のサドル》でカッコいい歌ができちゃうんですよね。えやろすみすさんの歌も《けつ》っていう一語がなかったらカッコよくなっちゃうところだけど、そこにわざと乱暴な言葉を入れて自分の自虐性を保とうとした心意気を感じたりします。「けつ」「つけた」とか言葉の跳ね方に勢いがあって、そういう点でもよかったと思います。

進歩ない性懲りもないふがいない自分をすてずつきあっている

穂村　東　（えやろすみす　33歳・司法浪人）

東　もう一首も男らしい歌ですね。ちょっと説明っぽいのですが、ここまで言い切れるというのが面白いですね。

沢田　自慢するにはまず卑下、謙遜してからはいるのが基本。

私かて声かけられた事あるねんで（気色の悪い人やったけど）

穂村△　東△　（坂根みどり　40歳・主婦）

東　これも実はあんまりいいことじゃないことを自慢のカテゴリーに入れている歌。これも照れがあるんですよね。《あるねんで》という関西弁でなかったら全く違う歌になっていたと思います。これは関西弁に必然性があって、その勢いの中で言った《気色の悪い人》っていうのが、気色悪い人だけど多少愛嬌もあるような絶妙なニュアンスが滲む余地が生まれていていいと思いました。

穂村　標準語に直せない歌ですよね。

沢田　「私だって声かけられた事あるのです（気持ちの悪い人だったけど）」

東　ぞっとしますね（笑）。なんだか怖い歌になる。関西の人たちって自慢するとき、わりとこんな感じでやりますよね。「こんなんやったんやで」って自慢を鼻ふくらませて言ったあとで、「せやけど○○なんや」って、自分で自分にツッコむみたいな。

穂村　これも本人の気立ての良さを感じる歌というんですかね。

いいでしょう？どれもこれらもそれらもね　ほんのわたしの　あれ　なんですわ

穂村△　東△　（平田ぽん　34歳・歌手）

沢田　全部ひらがな。「自慢する」人のひとつの形を見せた作品。同人評「自分が好きなもんは全部自慢したいものなんだとハタと気づかされた。シンプルだけど秀逸な歌」（やまだりよこ）。

東　ぼやかしたことによって、いろいろな読み、多義性が生まれています。「どれこれそれ」って全くなんにも指し示していない中に、《ほんのわたしの　あれ》っていう、ここが妙にひっかかるんですよね。なんにも分からないんだけど《ほんのわたしの　あれ》って絞られるものって一体何？って。言葉の引き方がうまい歌。

穂村　何を自慢しているのか分からないんだけど、自慢していることだけは分かるっていうことですよね。これも冒頭の話につながるのですが、一般社会的には駄目な文ですよね。本来「最も短い言葉で最も簡潔に意味を伝達すべし」というのが社会の価値観だから、これはそれからすると最も遠い言葉の連なりですね。これだけ文字数を使って、結局何を言われたのかわからないという。でも本当にその価値観が世界のすべてかっていうと、そうじゃない。それは社会を〝効率〟という観点から、最も速く有効に回すために作り出された価値観にすぎないから。最初に結論を言って理由を簡潔に三つ述べよ、みたいなのはね。

沢田　子どもの頃からそうやって教え込まれていく。

穂村　我々はあまりにもその強制力にさらされているので、こういう度胸を失いがちだよね。特に会社の中でポストについているような人ほどこういう勇気はなくなるわけで、むしろ一度も会社に行ったことのないおばさんみたいな人の方が、こういうしゃべり方をしますね。

沢田　あーあれあれ、あれをこうして……それをああして、ってやつですね。

穂村　そう。その場合は必ずしも愉快じゃないんだけど、でもこの歌はそれをわかってやっているわけです。この無意味さの中に何か形のない、ある感触みたいなものがあり、どこかで僕たちはそれを求めていて。日常生活のどこでそういうものを重要なものとしてやり取りしているかというと、僕はよく言う例だけど、密室の中の恋人同士の会話ってこんな感じになりがちなんですよね。第三者が見ていると何を言っているんだか全然わかんないんだけど、二人の間ではわかりあっているという。指示語がやけに多かったり、お互いにしか通じない相手の呼び名を持っていたりして。すごく恥ずかしいやつね。東さんも言うでしょ？

東　え？　言わないかなあ……。

穂村　そう？　かわいそうに（笑）。

東　かわいそうなの？　そんなおかしな呼び名で呼び合わない。

穂村　最初「東さん」って言うじゃん、知り合ったとき。それがだんだん「直子さん」とかになって、「なおちゃん」とかなって、「にゃおにゃもーん」とかになる（笑）。「にゃおにゃもーん」とかなると、一番長いから効率的にはよくないわけですよね。だけど効率が悪いということが二人の親密さの証しであって、それは誰にも通じないわけです。

沢田　特別でうれしいですよね。

東　でも言わなそうな人もいっぱいいると思うけどな。

穂村　いやそういう人にとってこそ甘美なんじゃない。あの男の人が私にだけそんな変なことを言ってくれる。

東　それは甘美だけど、言うかなあ？

沢田　言います（笑）。

穂村　強面の人が言うのも興奮するし、すごい知的な人が言うのも興奮するし。とにかく、この人がこの世からいなくなったら、私のことを「にゃおにゃもーん」と呼ぶ人は一人もいなくなるっていうことですよね。その逆が、みんなに「部長」と呼ばれるとか。会社の中にいる限りは、課長、部長、社長となっていくことをみんなが目指すという合意の中で生きているから、それを一方で目指しつつ、でもどこかで「それだけが私じゃない」みたいな、「にゃおにゃもーん、とか呼ばれたい」みたいな、その両方の欲望を人は持っていて、短歌なんかはその片方のしょうもないほうの欲望を請け負うというんですかね。短歌いくらやったからって部長や社長になれるわけじゃないですしね。

沢田　この歌にはそこまで深い意味が……（笑）。

君たちの失敗談なら一つずつ今でも言える　級長だから

穂村△　東○　（沢田康彦　45歳・編集者）

東　すごく面白いと思いました。「自慢」という題を与えられてみんな困ったと思うんだけど、それを出した本人の歌ですね。あとで出る穂村さんのもそうなんですけど、人格から滲み出てくるいやらしさみたいなものが歌にあらわれていて、うまいと思いました。沢田さんというのは、その《君たち》のいろんな弱みをつかむのが好きなんだろうなってことは薄々わかってたんですけど、こんなにもはっきりしてたのかって腑に落ちました。同人評もずばり「人柄がよく出ている」（本下いづみ）とか。うまいのは《級長だから》ってところですよね。上の立場の者が下の立場の者の弱みを握っているという、図式的にはよくある形なんですけど、例えばここが「父親だから」とか「部長だから」とか「社長だから」とか言うと、すごく嫌なだけですよね。とてもその歌を愛せないんですけど、《級長》っていうのが絶妙で。本来は同じ学年、同じ歳の同等であるべきただの子どもなんですよね。だけど便宜上クラスのまとめ役として一定期間バッジをつけているという存在。期間限定のもので、そのときは絶対的なように見えても、実は非常にもろく結局はなんの力も持っていないような。非常に損な役回りなんじゃないかなと思って。本当はみんなと一緒にバカをやって遊びたい年頃の子どもなのに、《級長》ってことでそこは抑えて大人側に回らなきゃならない役割を、自分が望むと望まないにかかわらずやっているという。

沢田　孤独な名誉職。

東　そうですよね。《級長》が抱え持っているある種の悲しみみたいなものにも触れているのではないかと思って、そういう意味で深いのではないかと思いましたね。

穂村　みんな自慢は「感じが悪い」ということを知っていて、そこを避けようとして基本的に書くわけだけど、この人は感じ悪さから球一個分はずしたところで「敢えて感じ悪く書こう」という、そういう性質を持っていますよね。感じ悪さを演じるというかな、それがこの文体に現れていて、《君たち》って言い方がもう感じ悪いですよね（笑）。あとはその球一個分どこではずすのかっていうとですね、《級長》という言葉。この役職に、東さんが言ったようにたいした必然性がないってこと。あとその言葉の妙な古さですかね。いまどき《級長》はないだろうみたいな。これはえらく昔の話だなっていう感じがしますね。最後に一字空けで《級長だから》ってわざわざ言うところに感じ悪さのダメ押しがあって、あとは《君たち》と《級長》で音をそろえているみたいな、そんな感じでしょうかね。

沢田　では、穂村さんのほうの人柄を見てみましょう。

こんなめにきみを会わせる人間は、ぼくのほかにはありはしないよ

穂村　東◯（穂村弘　40歳・歌人）

東　これも「自慢する」という題でそのままいやらしく自慢して、不思議な力がみなぎっている歌で。微妙に変な文章なんですね。《こんなめに》《会わせる》っていうのは、普通はひどいことに使われるので、悪い展開が思い浮かぶんですけども、《ぼくのほかにはありはしないよ》と。《こんなめに》《会わせる》ことが《ぼく》から《きみ》に対しての最高のプレゼントだよ、といった意味合いで使っている。そのねじれが面白くて、そんなこと言う人間は嫌だし、《こんなめ》になんて会いたくもないようで、でもちょっとそれに巻き込まれてみたいって気持ちにもなるという、ねじれた欲望を掻き立てるものがありますね。妙に迫力のある歌です。圧倒的な自信みたいなものが歌の印象を強めています。

沢田　この歌は厳密には題詠ではなく、それ以前に発表されているものなんですが、同人たちからは一番人気でしたね。「《ぼく》は《きみ》に自慢しているのでしょうか。それとも、《きみ》と《ぼく》の仲を、《こんなめ》ってどんな《め》よ？　と考えているわたしに自慢しているのでしょうか。それとも、《きみ》って、わたしのことでしょうか。《ぼく》以外のすべての人でしょうか。まだ果たされていない《こんなめ》があるのでしょうか。だとしたら、自慢を超えている、怖すぎです！」（那波かおり）。

東　これはもともと明智探偵のセリフだっけ？

穂村　これは江戸川乱歩の本歌取りで、怪人二十面相だったか誰だったかはっきり憶えてないけど悪者が、部下の運転する車でアジトに向かう途中で、「おい、なんだか道が違うぞ」って気づくの。で、運転手に向かって、「おい、道が違うって言っているだろう」って言って、でもその部下は「フフフ」みたいに怪しく笑うだけ。「貴様、松吉じゃないな、誰だ」みたいなことを言うと、運転手に化けていた明智探偵が「こんな目に君をあわせる人間は僕のほかにはありはしないよ」って言う。

沢田　まさにそのセリフ？

穂村　短歌はちょっと音数を整えたり、アレンジしたけど、これは敵対関係でありながら、でも恋愛っぽいわけなんですよね。乱歩には同性愛的な感覚があるから、そういうものが込められていると思うんだけど、この世で《ぼく》だけが天才的な怪盗である《きみ》の裏をかいて「こんなめに会わせる」ことができるっていう、その敵同士でありつつ「選ばれた僕たち二人」っていう屈折した愛情表現。

東　気になる歌ですね、気持ち悪くて。鳥肌が立ちつつもその甘美さに引かれてしまう。具体的にどんな目なのかは書いてなくて、本当に何されるか分からない感じがするところもいいんでしょうね。妙に言葉のリズムも軽快だし。

沢田　「こんなにたくさんの花束を渡す男はぼくのほかにはいないよ」ではダメなんですね。

穂村　ええ。《こんなめ》っていう悪い言い方じゃないと成立しませんね。

月光よ明智に化けて微笑めば明智夫人が微笑み返す

穂村　東△（穂村弘　40歳・歌人）

沢田　これ「自慢する」の歌ですか？
穂村　これも明智ものでね、二十面相が明智小五郎に化けるんですよ。その贋《にせ》の明智小五郎がにっこりするんだけど、明智夫人は気づかないで微笑み返すっていうちょっとエロい歌で、なんていうか完璧な変装みたいな感じで、つまり一種の自慢なんです。
東　変装がうまくいって自慢なんだ。私、逆に明智夫人はそんなものお見通しで「私は騙されないわよ、フフ」という夫人側の自慢かと思ってた。
沢田　男目線と女目線での読み方の違いですね。
穂村　お見通し、でもいいんだけど、それだとエロくなくなっちゃうから。そのままキスして寝室に行っちゃったらどうなるんだろう？　みたいなところが大事。
東　二十面相の物語の展開としてはそっちのほうが、あるかもしれないですね。
穂村　乱歩の小説はやたらといろんな変装があるんです。明智夫人を豹《ひょう》の着ぐるみに入れて本物の豹と戦わせるとか。

東　「こんなめに」の歌の、内面をねじれさせるような気持ち悪さに比べて、こっちは物語の舞台を観ているようなきれいな歌なんだけど、フレームの中の世界のような薄い感じがしました。

沢田　《月》に《光》に《明智》に、もう一回《明智》が来て、眩しい変てこなヴィジュアルが浮かびます。唐突な《月光よ》が効いてます。

東　そうですね、光の感じが怪しいですよね。《月光》なのになぜか下から光が来ているような感じがする。

立ったままねむれるわたし指先がねじの涙にふれていました

穂村　東（東直子　39歳・歌人）

沢田　東さんの題詠には穂村さんからお点が入りませんでした。

穂村　そうですね。自慢かな、これ？《立ったままねむれる》っていう自慢なのかな。

東　甘い恋愛の場面を自慢してみました。

穂村　《ねじ》がよくわからなかったんですよね。《ねじの涙》って何だろうって思って。

東　《ねじ》の間からなんか汁のようなものが流れてきた。

穂村・沢田　え！

穂村　そんなこと言われても（笑）。汁なんか出てこないと思うけど。

東　出てくるよ、なんかドロッとしたの。

沢田　オイルのことですか？

東　そう。《ねじ》って悲しみがあって。なんかこう、ゆるみたくてもゆるんじゃいけない使命を負っているわけですよ。それで頑張っているんだけどどうしても、ゆるんできてしまう、その間から液体も漏れてくるしって。《わたし》は《立ったままねむれる》んですけど、電車等で《立ったまま》寝なきゃいけないっていう状況と、《ねじ》が頑張って止まっていなきゃいけない状況っていうのに、本当に共感するものがあるというような意味かな。

穂村　そういう接続だったんだ。《立ったままねむれるわたし》と《指先がねじの涙にふれていました》の結びつきが今ひとつよくわからなかったんだよね。

東　《立ったまま》眠る、というとロボットっぽい感じが出るかなと思って。

穂村　なるほどね。

沢田　同人には人気です。「片足で包丁を握るという東さんならば、どんなことも出来るでしょう。《ねじの涙》へ持っていくところがさすが」（本下いづみ）。「電車のなかでの出来事でしょうか。《ねじの涙》という表現が好きです」（よしだかよ）。

穂村　いずれにしても、「ねじから汁が出る」っていうのが衝撃的だなあ。東さんにとっては「ねじと言えば汁」みたいな（笑）。

東　うちの姉も《ねじ》がゆるゆるする歌を作ってますよ。

ねじをゆるめるすれすれにゆるめるとねじはほとんどねじでなくなる　小林久美子

穂村　これは意味わかるよ。《ねじ》の機能って唯一だから、ゆるめちゃうと《ねじ》じゃなくなる。

沢田　《ねじ》にこだわる姉妹なのですね、すごい。東さん、もう一首。

甘い汗にじませ白い耳に告ぐ少ししつこいくらいが好きよ

穂村　東（東直子　39歳・歌人）

穂村　これはエロですよね。

沢田　どこが自慢なのですか？

東　ベタベタな場面を自慢すればいいのかなと思って。ちょっとストレートすぎたかな。ただの自慢というより、自分の性癖みたいな感じ。ひどい歌ですね、我ながら。

穂村　これ言われたら、ちょっと引くよね。《少ししつこいくらいが好きよ》って。

東　って言われるのイヤなんだ。

穂村　言われるのはイヤだなあ。

東　しつこくしたいのに？
穂村　したいけど、言われるとその気持ちが削がれるよね。ハッと我に返りそう。
東　そうなのか、言っちゃいけないんだ。
沢田　《告ぐ》が怖いです。

噛みつきとチェーンと棒と反則はあたしの技さ文句は言うな

穂村△　東○　（尾崎魔弓　34歳・プロレスラー）

沢田　女子プロレスラー尾崎さん。まんまの歌です。
東　もう何も言うことないです、と圧倒される勢いがあって。ほかの人には絶対詠めない短歌、この迫力。《噛みつきとチェーンと棒と反則》って、作者がレスラーだってことを隠したら何だろう？　ってなりますよね。そこがすごく面白いなと思って。レスラーとして読むと当たり前のことを言っているようなんだけど、日常生活からは逸脱した価値観、でも彼女にとっては体の中心を貫いている価値観という、そのズレが面白いと思いました。
穂村　前提として《反則》は《技》じゃないっていう社会一般の通念がある。それに敢然と挑んでいるわけですよね。「いや技だ」というふうに。そこに価値があって、プロレスの人はたまにこういう価値の転換をするね。前、大仁田厚だったかが対戦相手と比較されて、大仁田のほうが不利だとか弱いとか言われたとき、俺の方が強いとか勝ち目はあるとか言わずに、「確かに俺のほうが弱い」ってあっさり認めて、「でも、じゃあ弱い者は強い者に挑んじゃいかんのか」って言ったのがすごいインパクトがあった。そうするとハッとなるよね。我々は自分の主観として、日々生きながら、常に弱い自分が強い者に挑む感覚で生きているから、そこに急に何か火をつけられるような感じがあった。そういう発想の逆転というのかな、それがこの歌にもあると思うんですよね。だから長与千種さんの歌とちょうど表裏一体となっていて、

三頭筋、上腕筋にヒラメ筋、全て私の自慢の筋肉

穂村△　東　**（長与千種　38歳・プロレスラー）**

これも具体的に指し示したところが非常に面白いところだけど、短歌としてどっちがよりよいかというと、やっぱり尾崎さんのほうがいい。それは社会的な価値観に対して、そっちのほうが逆行しているからだと思うんですね。

沢田　長与さんのは、「三頭筋」を穂村さんが取って、次のは東さん。

皮下脂肪、下腹・臀部・あごの下、全てシュガーの自慢の筋肉

穂村　東△（長与千種　38歳・プロレスラー）

東　要するに《シュガー（佐藤）》のこれは《筋肉》っていうより、脂肪的なものを揶揄《やゆ》しているわけですよね。

穂村　そうですね。

東　二つセットで読んだほうがいいですよね、これ。

穂村　長与さんのも、これが男性だともっとつまんないわけよ。一般の社会通念、反則ほどではないんだけど、「女性の筋肉は自慢にならない」という一般の認識があるから、それに対してこう逆を言っているわけですよね。これが普通の女性が、二重瞼と巨乳となんとかで全て私の自慢のボディとかだったら、もう救いがたい歌になるわけで、それはやっぱり《筋肉》がいいんです。

東　このへんはどうしても作者付きでっていうところがありますよね。

沢田　今回はたくさんの女子プロレスラーたちが詠んでくれたんですが、ひとつの傾向があって、この職業の人たちは基本「自分一番」、ナルシストでおのれを磨いていく人たちだから、実際に自慢しようと思ったらいっぱい出てくると思うんですね。けれどそうであってはいけないような認識をちゃんと持っているから、だからここの点でちょっと乱れちゃうんだ

ろうなって気がしましたね。

今はもう影も形もないけれどデビュー当時はアイドルレスラー
穂村　東　（植松寿絵　28歳・プロレスラー）

パワフルだ泊まるホテルではめ外し出入禁止だガイアジャパン
穂村　東　（里村明衣子　23歳・プロレスラー）

復帰してパーマをかけて試合する一分経過頭爆発
穂村　東　（シュガー佐藤　24歳・プロレスラー）

すごいだろ飼っていたインコ卵産み焼いて食べたぜミニオムレッさ
穂村　東　（広田さくら　24歳・プロレスラー）

東　さくらさん、一句ずつリズムが切れてしまってますね。

沢田　ネタが面白いんで惜しい。

人はいうあんな男はやめなさいそうよわたしのラマンは駄マン

穂村　東△（清野ゆかり　29歳・編集者）

東　これは駄洒落なんですけど。《ラマン》が《駄マン》という、このひねりが妙に面白かったんで、取りました。

沢田　「だめんず」の「だめん」を単数形にしたんですね。

東　心情的にはこういう心理は女性には非常にありがちだなと思って。《ラマン》って小説ですよね。十代の少女を恋人にしちゃう。だから多分、それをもじった《駄マン》もかなり若い彼氏なんですよね。それが駄目な男。《駄マン》というのはまた男の新しい駄目さを、新しい駄目男の可能性をここに見出したような気がします。

パソコンもケータイもカードもメンキョもホケンもなく現代人をやっている

穂村△　東　（宇田川幸洋　52歳・映画評論家）

穂村　この逆の自慢をする人もいるわけですね。常に最新機器を持っていて自慢する、飲み会などで出してくる人もいますね。こちらの歌は持ってない自慢。全部カタカナで書くところにこの人の価値観が出ていますよね。《メンキョ》とか《ホケン》とかちょっとバカにしているというか。男性の感受性って気がします。女性はこういうことがあっても、こういうふうに批判するっていう感覚は割と希薄で、男はいちいち〝言いたがり〟ですよね。

東　関心はあるんでしょうね。女性だと別に「関心がないから」っていう形であっさり終わるし、それを取り立てて言いもしないんだけど、言いますよね男性は。「おれは携帯持ってないんだ」ってわざわざ。

穂村　「聞いてないよ」って（笑）。

東　ちょっと、そういうのにうんざりするところもあるなあ。

穂村　冒頭に出た同じ作者の「うちの前の国道はしょっちゅう車がぶつかる音がする」っていうのもこのメンタリティの延長上にあるんでしょうね。社会全体のあり方に対する違和感っていうのがあって、それがこういう屈折した表現になっているんだろうと思う。

沢田　宇田川さん、もう一首あります。

自慢をしないでひとからほめられるようにするのがうまい生き方

穂村△　東（宇田川幸洋　52歳・映画評論家）

穂村　こういうのは分かりますね。これを読んで僕もそうだなって思いました。まず先に東さんがほめてくれるのを待って、ほめないようならしょうがないから自分で言う。

東　みんなそうと言えばそうなんだけど。

穂村　東さんもそんな心あるの？

東　あると思う。

穂村　全然なさそうじゃん。

東　ほめられないだろうっていうのが前提として生きているからね。

穂村　みんな常に落差があるんだよね。ほめられたい度合いと実際にほめられる度合いの。そのバランスがとれている人は本当に少なくて、ほとんどの人はマイナスになる。

沢田　なかなかほめてもらえませんね。子どもの頃は基本ほめられる。食器ひとつ返しても「えらいねえ」ってほめられるものだけど、大人になった日からあまりほめられなくなる。「えらい」って言ってもらいたい欲望だけ残って。でも真っ向から「ほめて」とは言えない。だから宇田川説は真理でしょうね。

くちびるで発光するよあたしのは鎖骨のくぼみのふたつのホクロ

穂村　東△（よしだかよ　31歳・らいぶらりあん）

東　これは要するに、《鎖骨のくぼみのふたつのホクロ》がキスをされたら《発光する》ってことなんですよね。「フィクションで自慢する」っていうのはほかに意外となくて。《ホクロ》っていうのがちょっとボタンみたいな感じ、ロボットっぽい感じの反応っていうのかな。さっきの「ねじの涙」でも言いましたけど、私はそういう感覚が異様に好きなんですよね。人の肉体に一部ロボットっぽい部分があるってところに、ある悲しみみたいなものを感じてしまう。そういう意味で、自慢って言っても無機質なところがある分、さわやかさが出ていていい歌だと思いました。官能的な歌だと思うんですけど、その官能がいやらしい感じではなくて、愛らしさに結びついていくところが手柄だと思います。

沢田　相手がいて言っている、というくどき感がありますね。

東　「だからキスして」っていうことを言いたいわけでしょうけども、それをこういうふうにひねっていって、非常に女性らしくてかわいいと思いました。

沢田　この歌、穂村さんは無印ですが。

穂村　意外なことが起こるっていう想像力のレベルっていうのがあって、《くちびるで発光する》っていうのが想像の範囲内かなってちょっと思ったんだよね。歌謡曲とかにもありそうというか。以前、「人魚は目にレモンを絞っても平気」って言った人がいて、それは上限を振り切った。人魚というものをイメージしたときに、そんなことを考えつかないし、でも言われるとそういう気がするのよ、なんか知らないけど。あと「天使はCDを手に持っただけで聴ける」とかね。そういうのって、けっこうこっちの想像力を超えてくるところがあって、「でもCDは要るんだ?」みたいな（笑）。その微妙さにリアルな感じがあるわけ。だからこの「くちびるで発光する」という歌、悪くはないけど、想像の範囲内かなって。

聞こえるか草や獣の笑い声誉めてあげよう手柄話を

穂村　東○（本下いづみ　42歳・絵本作家）

東　非常に意地悪な感情が背後にある。自分は《手柄話》を聞いて誉めてあげるけれども、背後では《草や獣》が笑っているよって言っているということですよね。人ではないものがあなたのその自慢を違う形で受け止めているという。人間界の社交辞令的な役割として誉めてあげているけど、動物界、つまり本能的な真実の世界ではあざ笑われている、という視点の広がりが面白いなと思いました。《聞こえるか》っていういきなりの出だしっていうのも妙な迫力があって。

沢田　本下さんの性格がそのまま出てる感じがありますね。冷徹なというか。

東　いつもの感じですよね。もうひとつのは少しやり過ぎかなって思いましたが。

突き落とす岸壁思う3時間息子自慢の切れない電話

穂村　東　（本下いづみ　42歳・絵本作家）

東　《突き落とす岸壁思う》って、そこまで言うかなって。《3時間》もずっと《電話》で聞かされているいらだちはすごいとは思うんだけど、もうその事実だけでイヤだなっていうのは分かるので、上の句はもっと広がりのある内容の方がよかったのでは。さっきの《草や獣の笑い声》っていうのも、自慢している人に対する揶揄になるわけですけれども、そのひねり方が面白かったので。言葉ではなく。自慢話を嫌がるなんて人間でしかあり得ないわけだけれども、《草や獣》に持ってくるというのが、《岸壁》に突き落としたいという直接的な感じではなく、もっと根源的なその人に対するイヤさとか軽蔑みたいなものがある、怖い歌になっていたと思います。

沢田　本下さんのは二首とも自分の自慢じゃなく、誰かが自慢することに対して反応しているんですね。

東　非常に冷めた目。自慢ということとそのものに対する嫌悪感があるんだろうなあ。

何もかも抱えていてもあなたとは黙って座って月を見られる

穂村　東△（鶴見智佳子　36歳・編集者）

沢田　これは自分の自慢ですね。

東　そうですね。要するに《あなた》とはこういうふうに黙ったまま時間を過ごせるという意味で自慢なんでしょう。

沢田　同人評「《も》の反復、《って》の反復が、声に出したときしっくりとお腹に響きます。《黙って》いられる、というのは愛を表す現象のひとつではないでしょうか」(中村のり子)。

東　たぶんいろんな事情が《あなた》とはあるんでしょうけども、どんな事情を抱えていても黙っていても気まずくなく、《月》を一緒に見てどんな長い時間も過ごせるよ、という関係性の強さというものを詠んでいる。こういう関係性って誰もが、特に女性はあこがれていて、《月》と私と《あなた》しかいないその世界でも充足できるっていう感覚っていうのは、共感することができるのではないかと思います。

自慢した帰りみちではうなだれて嘘つきでもある私をせめる

穂村　東△　(長濱智子　28歳・食堂店員)

沢田　短歌っていうのはつくづく個性が出るなあって、長濱さんの歌に触れると特に思う。

東　これも内面描写の歌で、共感できるなと思いました。誰でもついつい自慢しちゃいたくなってそれで盛り上がるってことがあるけど、そのあとで自分自身がイヤになるという内面のもやもやがよく出ていると思います。しかもその自慢にはちょっと尾ひれをつけた、盛っちゃった部分もある、つまり嘘までついちゃったという。こういう素直な歌もいいですね。

沢田　自慢屋だけではなく《嘘つきでもある》、そのたたみかけが胸うちますね。けれどどこか笑えるという作りがいいです。

東　その場と、少し経ってから独りになったときの時間の落差というのが丁寧に書かれているんじゃないかな。

相撲なら自信が有ると四股をふむ　みんなそっぽをむいちゃうんだよね

穂村△　東（渡邉晴夫　52歳・ヘア&メイクアップ・アーティスト）

穂村　おじさんですかね。《相撲なら自信が有ると四股をふむ》と、でも、「すごいね。足が上がるね。格好いい」とは誰も言ってくれなくて、《そっぽ》をむかれてしまうという。いいですね。

沢田　実際のことでしょうね、これね。

穂村　だって空想でこんなこと歌いませんから(笑)。リアル。

東　これ誰に向かってやるのかな?　子どもとかにやるんでしょうね。

沢田　いや誰にでもやるみたいです(笑)。

穂村　なんか《相撲》とか《四股》っていうのは、ギリギリのもんだよね。我々は見慣れているから美しいとか思ったりするけど、例えば外国の人が初めてあれを見たらギョッとするようなところもあるんだと思う。我々が異文化のそういうものを見てギョッとするように。なんかひどくヤバイ感じもするわけで、それをアマチュアが安易に真似をすると結構見ていられないって感じになったりする。でもこの人はそういうことがわかっていますよね。《みんなそっぽをむいちゃうんだよね》って悲しそうに言われると、東さんとかは「じゃあ、私が見てあげる」みたいになりがちでは。同情が愛に変わるタイプとしては（笑）。

東　（笑）面白いと思ったんだけど、でもちょっと言い訳しつつ説明してるなって感じがどうも。そこがかわいいとも言えるけど。《そっぽ》っていう言葉とか。

沢田　そっぽ型力士。

夏の思い出

イラスト・山田花子（芸人）

『おもいでの夏』や『夏の日の恋』なんて映画音楽を聴くと、たちどころに胸がいっぱいになってしょうがないのですが、「思い出」というとなぜ「夏」なのでしょう？　夏の温度、夏の色彩、夏の匂い、夏の音が人間の記憶にとどまりやすいという化学的な性質でも持っているのでしょうか。映画で小説で音楽で詩で、たくさんの夏が歌われてきました。「猫又」チームもこのベタなテーマに短歌で挑戦。それぞれの夏がここに。

穂村&東の選【夏の思い出】44首

○◎ 急ぐとサァ汗かくじゃん、って遅刻したあの日にはもう終わってたんだな　本下いづみ

◎ あっちゃんの止まらぬ鼻血怖くなり逃げ出したんだ　蝉が鳴いてた　後藤泡彦

◎ 日暮里の駅前で飲んだ青いラムネ鼻につんときてこんちくしょうだ　伊藤守

◎△ 眠られず祖母と静かに井戸端で青いトマトを齧りし夕べ　石井佳美

　◎ 蝉時雨　自転車背中汗の香にさみしさみしい　ありがとのキス　たま

○△ 君の字がやけに綺麗で風鈴の音も忘るる残暑のころに　清野ゆかり

○△ 日なたまで運んで食べるかき氷イミテーションの赤がとけ合う　中村のり子

△○ アリバイを尋ねてみれば（あ、花火）聞かなきゃよかった（花火）（花火）　本下いづみ

△○ 「二学期の匂いは嫌い」クマゼミの真っ白すぎるお腹つっつく　よしだかよ

○ 賑やかな祭りの音が風にのり酢めしをあおぐ母の横顔　タエツル・エビテン

○ 夏期講習終り食べたねかき氷　みどりの水をびちゃびちゃ混ぜて　後藤泡彦

○ 地上12階だれかの花火の音とおく冷えたショコラみたいに二人　段坂江里

○ 老いてゆくあなたの手をとるよろこび少女の手にふれるに似て　宇田川幸洋

△△ きもちわるい空だねと言って土砂降りさせた二人だけの言葉を交わし　今川魚介

△△ きみいないきみのベッドできみのせんたくものをほす二十二　七月　沢田康彦

△ 歯のつよい若者からだを砂にいけ王冠抜き器と化してほほえむ　宇田川幸洋

△ 記憶喪失の鍵が更新される夏　これで一年を生きる　ねむねむ

△ 羽根散った土間に夏陽は傾いて鶏スキのなか星みたく光ってたねキンカン　那波かおり

△ 波打ちぎわキミと歩いてカニ捕獲ビビって投げたら二つに割れた　栗原果絵

△ 鉄クズになるのを待てる自動車がギラリ輝くなかかくれんぼ　遠藤秋生

△ 余命なき蟬をつまみて犬に投ぐ食むときのその瞳ほしくて　遠藤秋生

△ 会いたくて触れたくている七夕のひとりの夜をなにと遊ぼう　うさころ

△ 万博に出かけし父母の帰り待つ土産は不思議な乾燥バナナ　石井佳美

△ 李香蘭　祖父の墓石に刻まれた母の思いよ　何日君再来　梁詰容子

△ 南国の陽浴びてえがおのツーショット　窓のそとには枯れたひまわり　ちえぞう

△さよならと覚悟を決めた15の夏いとこの手には私のバービー　中野綾佳
△たくさんの紫外線がやってきた　腕だけ焦げた　ただ焦げただけ　坂根みどり
△草いきれたなびく髪をひっつかみいただきましたモロコシのカラダ　大内恵美
△あの川にとびこんでゆく少年の身体の中のしくみになりたい　東直子
△ひとしきり手のひら這いし黄金虫やがて消え行くゆきあいの空　佐々木眞
△席に着く　ボインタッチのご挨拶それでいいのか29女　白田光
△かき氷いま食べたいと人妻が茶店の空気不倫の予感　ターザン山本
△窓のない部屋の中では好きで好きで汗びっしょりの私でしたが　本下いづみ
△おひるねは焦げ畳の香と細胞を満たす記憶　につつまれて　長濱智子
△炎天下土手の向日葵引っこ抜くたしかに聞いた「ぎゃあ！」という声　那波かおり
△トマト投げ泳いで潜って夏の海　波の間に真っ黒な笑顔　宮崎美保子
△あめふらし吐きたる雲の紫を引きづりながら沈む太陽　堂郎
△猿として右手の夏をやり過ごす少年サルスベリを憎む　伴水
△田に浮かぶ豊年エビのうつくしさ　アバラを揺らす鼓動は赤くて　平田ぽん
△そら豆を殻から出して詰まる息私の傷も開いたみたい　中野綾佳
△炎天下バスをまちつつひんやりとネクターをもつこどもの心　穂村弘
△八月生まれの人間たちを乗せてゆく免許センター行き市営バス　穂村弘

△おまえもか私もなのよとみとめあう29の夏鬱病の夏　高橋陽子
△おご馳走食べたそのあと海に行き灯りをともす精霊船　長与千種

＊

沢田　「夏」って、歌っただけで「思い出」のようになるものです。
穂村　「秋の思い出」とかはあまり言わないですもんね。「夏の思い出」って他人《ひと》のを読んでも自分のものに感じるというんでしょうか、体験の共通性みたいなものがあって、どの歌にもけっこうそういう感情が寄せやすい気がしましたね。
東　感情が濃いという印象がありました。夏は命が濃密なので、そういう気配をよく覚えていて、匂いとか色とかが強く入ってくる。感情も強いものが残っているのでしょうね。

君の字がやけに綺麗で風鈴の音も忘るる残暑のころに　穂村○　東△　（清野ゆかり　29歳・編集者）

穂村　残暑見舞いとかでしょうか。それまでは字が《綺麗》だっていう認識がなかったんでしょうね。それがある瞬間《字がやけに綺麗》な人だったんだって認識した。《君》との距離感の変化を予感させる歌のように読めました。
東　《やけに綺麗》な字を書くってことは、相手が自分に距離感を持って書いているってことでもありますよね。親しい間柄だったら逆に殴り書きでも大丈夫、乱暴な字でもまあ用件が伝わればいいやで済むんだけど。ここは距離を持ったってことで、別れたあとで届いた葉書のようなものだったのかも。「あのときはありがとう」みたいな。それが《やけに綺麗》な字というさびしさ。

穂村 もはや呼び方も「にゃおにゃもーん」から「東さん」に戻った（編注＊前章参照）。

沢田 同人評「字をいっぱい書いたあの頃、字で誰だかわかったあの頃を思い出しました」（小菅圭子）。

きもちわるい空だねと言って土砂降りさせた二人だけの言葉を交わし

穂村△　東△　（今川魚介　32歳・編集者）

東 《土砂降りさせた二人だけの言葉》のへんが表現として危うい感じなんですけど、でも《きもちわるい空だね》と言ったら、その言葉によって《土砂降り》にさせたんだという勝手な二人の世界の把握のしかたが面白いなあと思いました。雲がもくもくと厚く覆っている夏特有、雨が降る寸前の雨雲なんでしょうね。それを《二人》の共通認識だとして《きもちわるい空》と言っているけど、そこにあるのは「きもちよさ」みたいな逆転したものがあって、それこそ穂村さんが言っている、二人だけに通じ合うサイン。

穂村　そうだね。たとえば会社の同僚とか後輩とかに好意があったとしたら、まずは《きもちわるい空だね》みたいに言ってみる。でも、相手の方に好意がなければ「降りそうな空ですね」みたいに言い返されたりして（笑）。距離をつめたくないときはそういう一般的、定型的な返事となる。《きもちわるい空だね》に含まれる、微妙な二人だけの世界の口を開けようとする相手の動きに対して慌てて閉める感じですかね。好意があればそっちにコマを進める。だから察知できますよね、「どれくらい行けそうか」って（笑）。

沢田　相手に妙な言葉を投げかけて打診してみること、ありますよね。

穂村　ぼくはよくあります（笑）。ちょっとだけへんなことを言ってみると、それを拡大方向に受けてくれるかシャットアウトされるかで、関係性の前途が見える。この歌は合意してるわけですよね。二人が「気持ち悪いね」「そうね」と。

沢田　そこに《土砂降り》ですからね。

東　楽しく雨を浴びた。

沢田　あなたが《土砂降り》なんて言うからよ、なんてなじられつつ。

アリバイを尋ねてみれば（あ、花火）聞かなきゃよかった（花火）（花火）

穂村△　東○　（本下いづみ　42歳・絵本作家）

東　情景としては、相手が軽くアリバイを「《花火》を見に行ってたんだよ」と答えたと。聞いたときにこちらは直感で「《花火》って一人で見るもんじゃないし、誰か別の人と行ったんだろうな」っていうことに気づいて、《聞かなきゃよかった》って気持ちがあり、その気持ちの中に《花火》がぽんぽん上がっているんでしょうね。《花火》ってひとつだけじゃなくって間をおいていくつもぽんぽんと開いてる感じがあって、ショックを受けて、それにとらわれてしまった自分の空虚な心が視覚的に描かれているわけですね。《花火》っていう視覚的にもぱんぱん開いている感じがあって、効果がすごく面白い歌だと思います。

穂村　そうですね。心の中の《花火》に火がいったんついてしまう、《花火》が上がってしまうという。このカッコの中の《あ、花火》がよく表していますね。あと《アリバイ》っていう言葉がうまい。これだけスペースを《花火》《花火》で使うと、ごく短い言葉でシチュエーションを説明できなければダメなわけで、そこを《アリバイ》って言葉ひとつでやった。

沢田　これ読みとしては交際相手が、あるときどこかに行っていて、どこにいたの？と問い詰めたら、相手は「花火を見に行ってた」って答えたということでしょうか？恋愛がらみだってことがこれだけでわかる。

穂村　東さんの読みはそうでしたね。答えは書かれていないけど、ぼくは最初読んだときは、目の前に《花火》が上がっているのかな、と。

沢田　ぼくもそう読んだんです。目の前に彼がいる。

穂村　《あ、花火》も同じ丸括弧（　）の中にはいっていて、これが相手の答えならカギ括弧「　」のくくりになると思うんですね。だから答えは花火の音にまぎれていて、まあなんか言って本人には聞こえているんだけど、読者には明かされていないのかなあ、と。

東　ああそうか。

沢田　《あ、花火》だから、問いつめているときにたまたま遠くで上がったのかな。

東　そうでしょうね。こっちは真剣に尋ねているんだけど、《花火》という気が散るものがそこにある、そういう位相の違いかな。違う世界があっちの方にあるという多重性が面白いですね。心の中に上がっていると思ったんだけど、現実に上がってるんだ、これは。それで聞かなきゃよかったようなことがあるけど、私たちのこの気持ちの揺れにはなんの関係もなく《花火》が開いている……ということなんですね。

沢田　《(花火)(花火)》って、オノマトペでもないのに音が聞こえる感じで、よくできたサイレント映画のようです。「花火のはじける間合いがすばらしい」（那波かおり）。「主観と客観の間を自在に行き来する、画期的な短歌スタイル」（中村のり子）。清野さんからは「そんな男とは別れた方がいいと思います」。これは評というよりアドバイスですね（笑）。

急ぐとサァ汗かくじゃん、って遅刻したあの日にはもう終わってたんだな

穂村○　東◎　（本下いづみ　42歳・絵本作家）

東　本下さんは本当に短い言葉で絶妙に状況を理解させてくれますね。《急ぐとサァ汗かくじゃん》って、遅れてやってきた男がいかにも言いそうなセリフ。非常にリアルです。《遅刻した》ってことに対するこの開き直り方に、もうあの時気持ちは冷めてたんだってことを後から振り返ったという。

穂村　暑い日に男は遅れてきたんだけど、汗かかないでさらっとしてて、「汗かくからオレ急がないで来たんだよね」ってそういう感じの悪さを描いていて、「汗かくことよりも私を待たせる方を選んだのね」って。同じ男が昔は全く違った。めちゃめちゃ汗とかかいてきて。それがいったん情熱がなくなるとこれくらいになりますよね。どの口で言うのかみたいな。

沢田　《サァ》って軽い表記が憎らしくてうまいですね。でもその時にはまだ《終わってた》ことに気がついてなかった。言われたその時にはぐっとがまんしたわけだ。

東　まだこっちが好きな気持ちがあったら客観的になれない。「そうよねえ、汗かくとやだもんねえ」なんて受け流してるかもしれませんね。

沢田　恋の始まりは稲妻のようにはっきりとわかりますが、終わりはこのようにずぶずぶなもんですよね。終わっているような、いないような。このセリフ以降いろんなもっとひどいやりとりがあったんだろうなあってことも類推できます。同人・清野さんからは「わたしも何となく心当たりあります」（笑）。

東　このセリフ、ある意味そういうバロメーターになる問題行為、発言ですね。

沢田　ただ、ぼく的にはもう一個捨てきれない読みもあって、この《汗かくじゃん》、作者側のセリフではないかと。そうすると冷徹な女像が浮かび上がって、そっちがより本下さん的な気がします。

窓のない部屋の中では好きで好きで汗びっしょりの私でしたが

穂村　東△（本下いづみ　42歳・絵本作家）

東　《窓のない部屋》というのがリアルですよね。ちょっと家賃の安い部屋なんでしょうか。
沢田　ぼくはラブホテルかなと思った。
東　《部屋の中では》だから、そうなのか。
穂村　これはセックスなのかなあ。《私でしたが》の《が》に含みがあるんですね。
東　そんな私は今はもういない、と。
沢田　「花火」「汗かくじゃん」の歌とつながってますよね。ストーリーがある。
東　そういう方向性では作ってないのかもしれないけど、最終的にせつないなあ。相手を見ている自分の視線と、さらにそういう自分を見ている現在の自分の視線があって、奥行きを感じさせます。

「二学期の匂いは嫌い」クマゼミの真っ白すぎるお腹っっつく

穂村△　東○（よしだかよ　31歳・らいぶらりあん）

東　《二学期》に《匂い》があるという把握がまず面白いです。

沢田　久々に学校に行くと確かに匂いますよね。

東　新学期といわれると普通はまず四月を思うのだけれど、実は九月がより「新学期」という言葉にぴったりくるのでは、と私は思っているんです。夏休みという長い期間に世界とか自分の何かがひとつ変わるようで、だからやってくる《二学期》というのが、新しい時間のための切れ目のような感じ。それに《匂い》があって《嫌い》だという切実な気持ちに結びつくところに共感を覚えました。夏の終わりの象徴である蟬をそれと結びつけているということですけど、《クマゼミ》って確か羽根も透明で、《お腹》は《真っ白》なのかな、あまりつぶさに見たことはないのですが、蟬自体も匂ってくるかのようで。体感的な説得力を伴う、いい歌だと思います。

穂村　《匂い》が新鮮ですね。言われると、そうか《二学期》には《匂い》があるんだなと。蟬が死んでしまうように、夏休みというものは必ず終わるから、そのイメージが《クマゼミの真っ白すぎるお腹っっつく》の死にかけているようなイメージにつながるわけですよね。

東　夏を終えたくないという気持ちがあるのかな。

沢田　蟬の歌、多いですね。次のも。

蟬時雨　自転車背中汗の香にさみしさみしい　ありがとのキス

穂村　東◎（たま　22歳・学生）

東　《さみしさみしい》っていうのが《蟬》の音にも聞こえてくるんですね。

沢田　「さびしい」ではなくて、《さみしい》という澄んだ音。ミンミンサミシイ、ツクツクオシイ……。

東　上から読んでいくと、最初の方はよくある夏の出来事のように感じるんですけど、急に《さみしさみしい》と感情語が入ってきて、《ありがとのキス》となる。《キス》っていいものなので、幸せな感覚でくるまれてるはずなんだけど、《さみしさみしい》という言葉があるから、別れを痛切に予感している中で《キス》をしているというシチュエーションなのかな。《ありがとの》というのが枕詞についてしまう、すごくせつない《キス》。それが胸に沁みました。ずっと《さみしい》が自分の内部にも響いている悲しい状態の中で、最後の一瞬の甘さみたいなものが重なってくる。そもそも《蟬》というものも、その一生の中で七日間だけ最後の甘さを放出しているようなところもあるので、そういう様々なイメージが全体的に響き合ってると思いました。

沢田　同人評「キスの悲しい側面を立ち上がらせて、ひなびた夏の匂いが心にせまります。前半は名詞の羅列に成功している貴重な一首でもある」（中村のり子）。

東　前半の、スライドみたいに重なっていく名詞のイメージ展開が、濃い時間を象徴しているようで確かに効果的です。

あっちゃんの止まらぬ鼻血怖くなり逃げ出したんだ　蟬が鳴いてた

穂村◎　東　（後藤泡彦）

穂村　《あっちゃん》っていう入り方で、子どもの頃ってことが示されているんでしょうね。遊んでいるうちに《あっちゃん》が鼻血を出してて、最初は「大丈夫？」くらいの感じだったんだけど、あまりに止まらないので《逃げ出した》。子どもの頃はそういうことがものすごく恐ろしくて。大人になると経験則でまあ大丈夫かなって思えるんだけど、子どもの頃はもう死ぬって確信して逃げてるわけで、そのとき頭上では《蟬が鳴いてた》っていう記憶。

沢田　この結句が世界を立ち上げてます。

穂村　そのとおりですね。臨場感があります。これとそっくり同じ体験がなくても、似たことを子どもって必ず経験していて、たとえば友達んちで遊んでいて人形の腕がとれちゃったとか、自分ちの棚の裏からずっと前に図書館で借りてた本が出てきたとか、そういうことが起こったとき世界が終わるような感じがする。その感覚をうまく再現できてるなあと。ちょっと定型的かなと思わなくもないんですけどね、この《蟬》って押さえ方が。

東　さっきの《蟬時雨》もそうですね。つきすぎというか。夏の演出として《蟬》は一般的すぎて難しいですよね。でもやっぱりそれを響かせたいという気持ちはよくわかりますが。

余命なき蟬をつまみて犬に投ぐ食むときのその瞳ほしくて

穂村△　東　（遠藤秋生）

穂村　これも《余命なき蟬》というのはちょっと言い過ぎかなとは思いますよね。《蟬》がそうだというのはみんな知ってるから。

東「まだ動く蟬をつまんで」くらいにしたらどうかな。

穂村　ただ、センスはいい人ですよね。残酷な行為をしてまで愛する者が喜ぶときの目がほしいという、愛情ですよね。この場合は《犬》との関係だけど、より広い意味での愛の残酷さ、その予感というものを歌っている。次の歌もそう思うんだけど、どういうふうに歌えば詩ができるか知っている人って感じがします。

鉄クズになるのを待てる自動車がギラリ輝くなかかくれんぼ

穂村△　東　（遠藤秋生）

穂村　廃車置き場で《かくれんぼ》してるんだよね。これは大人になったら頼まれてもやりたくないことですよね。真夏の廃車置き場で《かくれんぼ》を沢田さんとしろ、とかって言われたら、かんべんしてくれよって思うけど（笑）。

沢田　ん？　東さんとならやるのか……？

穂村　ともかく、子どもはやるよね、こういう遊び。海とかスイカとかそういうのとはちがう、すごくソリッドな思い出ですよね。《鉄クズになるのを待てる》というのはそれが廃車置き場だということを示す効果的な表現ですね。

東　《自動車》が、最後のプライドをこめて輝いてみせたみたいで、痛切な風景ですね。

トマト投げ泳いで潜って夏の海　波の間に真っ黒な笑顔

穂村　東△　（宮崎美保子　53歳・アクセサリー・デザイナー）

沢田　《トマト》を投げるんですね、すごいな。ほかにはスペインのお祭しか知りません。ゲームかなあ。

東　妙な迫力があって、《トマト》を投げるのと最後の《笑顔》までさしたる関連性がない気がするのだけど、こうして並べて書かれると関連があるような不思議な感じがする。《トマト》を投げたことによって黒い子どもがやってきたような気になります。

沢田　実際にあったことでしょうね。

東　そう、自然とやっていることなんでしょうが、でもこう書き付けるとおかしみが生じる。《真っ黒な笑顔》って、日焼けした笑顔ってことでしょうけれど、妙な深読みをさそって、ただ日焼けした笑顔だけでなく、比喩的な意味もあるのでは……と思わせる含みがあって、それはたぶん平然と書いた《トマト投げ》というのが効いてるんだと思うんですよね。

穂村　うん、これ「スイカ割り」じゃだめですよね。《トマト投げ》がいい。

東　なんでそうするのか分からない。でも作者の中では自明のこととして迷いなく書かれている強さがこちらに不消化な感じを残して気持ち悪く、しかしそこが快感にもなる（笑）。

沢田　「トマト」もう一首。

眠られず祖母と静かに井戸端で青いトマトを齧りし夕べ　（石井佳美）

穂村◎　東△

穂村　地味だけど、いい歌。まだお昼寝するような年なんですかね。夏は昼寝とか夕寝をするくらいの幼い頃の記憶かなって思ったんだけど。その日はたまたま眠れなくって、おばあさんと《井戸端で青いトマトを齧》っていたっていうそれだけなんだけど。なんだろうな、この雰囲気の良さ。ちょっとだけさびしいような感じですかね。母がここにいなくて、そして昼寝ができなかったからどうということは全然ないんだけれど、でもなんだか不安な気持ち。そういう全体がさっきの「蟬が鳴いてた」に比べるともっと微妙な言葉の組み合わせで表現されている。惹かれますね。大人になってからはこんな感覚からは距離ができるんだけど、でも、どこかでこういう微妙な不安とか弱さみたいなものは残るような気がする。

東　《眠られず》っていうのが、子どもの昼寝じゃなく思春期くらいの年で、本当にうまく眠れないまま夕方になっちゃって、って読みもできますよね。

穂村　そうですね。その場合は《青いトマト》と自分が響くような感じ。おばあさんって、悩みに対して直接役に立たないじゃないですか。そこがいいんですよね。自分のことを全面的に愛してるんだけど、人生をもう閉じかけている人とこれから新しい人生に向かう人の間のギャップっていうのがあって、ただ役に立たない愛情だけがあるって感じですね。そこに打たれるものがある。

沢田　おばあちゃんおじいちゃんというのは、映画でも、話と関係なくそこにいるだけでなんか深みを帯びるんですよね。次は、母の歌。

賑やかな祭りの音が風にのり酢めしをあおぐ母の横顔

穂村○　東　（タエツル・エビテン）

穂村　とてもうまいですね。《祭りの音が風に》乗って聞こえてくるけれども、ちょっと離れたところにいるんですよね。そして「今日は手巻き寿司よ」みたいな感じかな、おかあさんが《酢めし》をあおいでいるという配合、組み合わせですね。ある夏の宵の感覚を表現するときに何と何を組み合わせるのかということなんですが、この場合は聴覚と嗅覚ですね。音と匂いの配合で。

沢田　ノスタルジック。《酢めし》がつんと匂いたってきます。

穂村　五感の中で記憶にいちばん結びつけやすいのは匂いだっていいますよね。匂いと記憶が結びつきやすいと。《母の横顔》っていうところもうまくて、もう今はおかあさんはいないかもしれない、年老いたかもしれないけど、そのときはたぶん若いんでしょうね。……でも、なんかこの歌、うますぎるんだよね。

東　うん。なんか見た記憶があるような。『サザエさん』のひとコマにもありそうな。

沢田　侯孝賢の映画にもありそうな。同人評「対象を遠くの祭囃子から目の前の母親にパンする感じ、秀逸です。《酢めし》の懐かしさも良い。地味だけれどはこび方に無理のない、美しい歌だと思います」（中村のり子）。

おひるねは焦げ畳の香と細胞を満たす記憶につつまれて
　　　　穂村　東△（長濱智子　28歳・食堂店員）

東　こちらも記憶が嗅覚に結びついているという部分がよく描かれた歌だと思います。真夏の《おひるね》ってあまりの暑さに《畳》が《焦げ》ているような匂いがして、世界全体が自分の《細胞》をすべて《満たす》ようなものになって、すなわちそれが幸せとはしっこで結びついている、子どものときの幸福な感じが体感としてよく描けていますね。アイテムの選び方がよかったです。いかにも幸せなっていうものを持ってきたら台なしになるところを《焦げ畳》としたところがうまいです。

沢田　《細胞》とか《焦げ畳》とか、ついミクロに向かう気質の人ですね。ちまちま感が心地よいです。同人評「おひるねのにおいは私もかいだことがあります」（佐々木眞）。「畳の上でおひるねをする夏の幸せな一時がうまく表現されていると思う」（えやろすみす）。

日暮里の駅前で飲んだ青いラムネ鼻につんときてこんちくしょうだ
　　　　穂村◎　東　（伊藤守　51歳・会社経営者）

沢田　こちらは《鼻》だけど嗅覚ではなく、触覚。

穂村　これは《こんちくしょうだ》ですねえ。ここで完全に予想を超えられて、どういう内容かはもちろん全然わからないわけです。心の中で何を思っているのかということは。でも《こんちくしょうだ》でその感情だけが伝わってくるという、これは非常に新鮮な言葉の使い方です。こういう歌があって、

白日の海鳴りあうむはもの言へり百年も生きるべらぼうな鳥め　葛原妙子

おうむのことを歌ってるんですが、下の句の《百年も生きるべらぼうな鳥め》って、この《べらぼう》っていうのがすごい新鮮でね、普通詩の中に出てくることが予測されない言葉なんですよね。それにちょっと似た感じの《こんちくしょうだ》です。面白い。

東　私は《こんちくしょうだ》につんのめって通りすぎてしまったのだけど、なるほど葛原妙子の歌の読み方を参考にすると急に入りやすくなりますね。ある感覚を押されたことで別の感覚がわっと立ち上がった、記憶想起の歌なのですね。

沢田　《日暮里の駅前》というしぼりこみも生きています。日の暮れる里での《ラムネ》。

夏期講習終り食べたねかき氷　みどりの水をびちゃびちゃ混ぜて

穂村　東○　(後藤泡彦)

東　《みどり》の《かき氷》、たぶんメロン味だと思うんだけど、抹茶かもしれないですが、なんか気持ち悪いというか、モノのような、絵の具の水みたいな書き方をしたところに、子どものときの無邪気さと残酷さみたいなものが出ているんじゃないかなと思いました。海で食べる《かき氷》だとこうならないで、《夏期講習》のあとで食べるとこうなるっていう感じ。勉強ばっかりのうっとうしい夏だけど、でもまあ《かき氷》を《ぴちゃぴちゃ混ぜて》、ああ疲れたとか言い合ってた、それもまたひとつ夏の思い出であるっていう。

沢田　《みどりの水をぴちゃぴちゃ混ぜて》がいい感じですね。確かに最後は《ぴちゃぴちゃ》ってなる。これは視覚と聴覚と微量の触覚。

穂村　上の句は「夏期」「講習」「かき」「氷」のカ行、下の句は「みどり」「水」「混ぜて」のマ行、と音の効果は見逃せない。

東　ものの捉え方の個性が出ていると思います。

沢田　同人評「私も《かき氷》を詠みました。あの原色は、不思議と夏の色あせた感じを強調しますね」（中村のり子）。その中村さんの《かき氷》。

日なたまで運んで食べるかき氷イミテーションの赤がとけ合う

穂村○　東△　（中村のり子　18歳・学生）

沢田　《イミテーションの赤》っていうのは？

穂村　シロップが人工というかにせものってことでしょう。《日なたまで運んで》がうまいんですよねえ。何を情報として提示するかの判断がいい。《イミテーションの赤がとけ合う》は書けると思うんです、ちょっとセンスがあれば。でも《日なたまで運んで》わざと落差を味わうように《食べる》わけですよね、《かき氷》の冷たさを楽しむために。その部分を書くというセンスがいい。溶けやすくなるわけだからその意味ではネガティブなんだけど、いいんだよね、溶けやすくなっても。

東　《日なた》に出ると光が増えるので、視覚の変化も感じさせてくれます。

沢田　不思議ですね。感情のない描写の歌なのですが、なんかしんとした心のあり方が伝わってきます。次の歌も色の歌。視覚の思い出です。

羽根散った土間に夏陽は傾いて鶏スキのなか星みたく光ってたね
キンカン

穂村△　東　（那波かおり　44歳・英米文学翻訳家）

穂村　田舎ですね。そういう風土的な魅力があるんだけど、字余りが惜しい。《星みたく》とか要らないと思う。《羽根散った土間に夏陽は傾いて》でかなり雰囲気が伝わってくるんで、そこから「鶏スキのなかの光るキンカン」くらいでもいけるんじゃないかな。

東　《キンカン》っていうのは鶏の玉子のことですよね。

沢田　そう、生む前の白身のない玉子です。ひときわ鮮やかなんですよね。同人評「もう《星》になった《鶏》のことを思います」（よしだかよ）。

炎天下土手の向日葵引っこ抜くたしかに聞いた「ぎゃあ！」という声

穂村　東△（那波かおり　44歳・英米文学翻訳家）

東　《向日葵引っこ抜く》。体当たり感がありますね。《向日葵》って背が高くて太くて花が顔みたいになる、人間っぽい植物。そういう部分も響いている感じがします。

沢田　殺人の追憶みたい。

穂村　昔はでっかい《向日葵》ってありましたね。あちこちに背より高いものがあったけど、少なくなりました。

東　大きいのって、自然に生えてる野生の趣があって。存在に気付くとぎょっとしました。

草いきれたなびく髪をひっつかみいただきましたモロコシのカラダ

穂村△　東（大内恵美　31歳・中学校教師）

沢田　こちらも植物の擬人化です。

穂村　とうもろこしを食べたってだけの歌ですけどね、《カラダ》っていう言い方がやっぱりいいんでしょうね。《カラダ》と《髪》で擬人化しているというのか、ちっちゃい人間を食うみたいな、それが夏の生命力や喜びと連動しているという感じでしょうか。

沢田　サディスティック。

東　明るい口調がかえって怖いですね。

たくさんの紫外線がやってきた　腕だけ焦げた　ただ焦げただけ

穂村△　東　（坂根みどり　40歳・主婦）

穂村　面白い。何がいいのかっていうと《たくさんの紫外線》と《焦げた》。普通の言葉でいうとこれ日差し、日焼けですよね。「日差しが強くてすごく日焼けした」とかだと現実世界の出来事で、そこからいろんな人間レベルの展開があるんですが、《紫外線》と《焦げた》にすると視点がミクロになる。細胞レベルの出来事みたいで、ぼくなんかはそこになんか爽快感を覚えます。「太陽が降り注いでいて日焼けをしたあなたとわたしが……」みたいなドラマにうんざりする気持ちが誰の中にもちょっとあって、こんなのただの《紫外線》で《ただ焦げただけ》じゃんみたいな、そう言いたくなるときがある。

沢田 世間の美容ごとに対して投げやりになっている。《腕だけ焦げた》がいいですね。
東 耳なし芳一みたいね。
穂村 面白い女性って気がするよね。いつも太陽に日焼けしてみたいな次元でものを考える人に比べて、こういう人は幸せになりにくいかもしれない、でも愉快な人って気がする。
沢田「〝ウデダケコゲタ、タダコゲタダケ〟と呪文のように唱えたくなる」(後藤泡彦)。
東 確かにネガティブなことが起こったわけだけど、《ただ焦げただけ》とか唱えることで、そんなことはどうでもよいのだよという諸行無常の境地につながっていく気がします。

さよならと覚悟を決めた15の夏いとこの手には私のバービー

穂村△ 東 (中野綾佳 会社員)

穂村 宝物の《バービー》人形を年下の《いとこ》にあげるという歌でしょうかね。実際にはまだ未練があるんだけど、おねえさんでしょ、みたいに言われて、もう一度見ちゃうんでしょうね、まだ手の中にある《私のバービー》を。《覚悟を決めた》というちょっと大げさな言い方がいいのかな。自然に別れることがまだできない感じ。
東 《15》歳というのがリアル。もう大人でしょって外側から言われるけど、でも大事なものっていうのはそういうもんじゃないし。

沢田　大人になった現在まで、まだあのときのくやしさを覚えているという歌。
東　そのときは納得したつもりだったけど、実は全然納得してなかった。
沢田　死ぬまで思い出すんだろうな、どの《バービー》見ても。

あめふらし吐きたる雲の紫を引きづりながら沈む太陽

穂村　東△（堂郎　41歳・記者）

東　きれいな歌。《あめふらし》って確かに触るともわーんと《紫》の《雲》のようなものを出す、それを実際にある《紫》がかった《雲》に対して《あめふらし》が《吐》いた《雲》なんだというふうに描いていて、比喩にしっかりと実感があります。《あめふらし》というのは海にいるものだから、海から湧き上がるように《雲》を出して、それがまた海に帰っていく、ダイナミックな自然の循環みたいなものを感じさせますね。
穂村　《あめふらし》と《太陽》が、言葉の意味的には対立してるのも面白い。

老いてゆくあなたの手をとるよろこび少女の手にふれるに似て

穂村　東◯（宇田川幸洋　52歳・映画評論家）

東　《老いてゆく》女の人っていうのと、《少女》っていうのが相反しているんだけど、でも絶妙な説得力があって。《少女》から大人になって老いていくんだけど、《老いてゆく》過程でまた《少女》に戻るような部分がある気がします。思い入れのある自分が《手をとる》ことによって、その人がどんどん若返ってゆく、時間を巻き戻していくような感じがして、非常に美しい歌だなあと思いました。《手をとる》ということの魔法のような力、そういうのが描かれているのかな。

穂村　作者が魅力的な男性って感じがしますね。こういう感受性を持ちうる人と持ちえない人がいて、持っている人のほうが「当たりの男性」という気がします（笑）。

東　この感受性は、うれしいよね。

穂村　女性は、こういう人と結婚した方がいいね。

沢田　でもこの人、パソコンも携帯も保険もないんだけど（編注＊前章参照）。

穂村　そこが表裏一体になってるのね。

東　だからこそ魔力があるような感じがして、デジタルな考えでは切り捨てられてしまうようなものを喜びとしている、心からそう思っている感じがあります。

歯のつよい若者からだを砂にいけ王冠抜き器と化してほほえむ

（宇田川幸洋　52歳・映画評論家）

穂村△　東

穂村　ブラックユーモアっていうのかな。《若者》は全身が強いだろうと思うんだけど、体のほかの部分に触れないで《歯》だけが《つよい》といってそれを使う歌。アメリカとかのひとコマ漫画みたいな。この作者は、確かに便利なもの強いもの効率のよいものに対する反感があって、弱いもの壊れてゆくものに対する応援の気持ちがありますね。

東　《若者》をおもしろがっているのと同時に深い憎悪も感じました。

ひとしきり手のひら這いし黄金虫やがて消え行くゆきあいの空

穂村△　東　（佐々木眞　58歳・ライター）

穂村　《手のひら》を這っててすごく身近にあったはずのものが飛んで、《空》に消えたっていう歌かな。《ゆきあいの空》というのは夏と秋のまざりあうような中間の季節の空ってことでしょうが、今までここにあったものがすごい遠くに行く不思議な感じっていうのが何かありますよね。

一米《メートル》あまり隔てて見つつをるこの飛行機は明日《あす》飛びゆかむ　　斎藤茂吉

といった歌があって、彼もその不思議さを味わっている。余談になるけど、ぼく、それまで一緒にしゃべっていた人がバイバイして、ホームと電車の中とで別れていくっていうのがいつも妙な気がするんですよね。さっきまで近くにいた人がこっちとあっちで物理的に距離ができてゆくっていう。まあ理屈では納得してるんだけど不思議な感じ、気持ちの方がついてゆかないというんですかね。

東　切り離されていくのは空間なんですけど、時間も切り離されていく。

穂村　「べたべた」の章でも少し紹介した感覚。この歌もそれですね。

翼の根に赤チン塗りてやりしのみ雲の寄り合う辺りに消えつ　　柴善之助

東　佐々木さんの歌だと、《手のひら》を這ったっていう実感があるんですよね。

穂村　喪失感かな。

東　或いは、こういう歌も。

もうゆりの花びんをもとにもどしてるあんな表情を見せたくせに　　加藤治郎

男性側から見た釈然としなさというか、さっきまであんなにエッチだったのに、もうなんか全く普通になっちゃったみたいな。普通にならなきゃ困るんですけど(笑)、そういう距離感というのですかね。なんかそのへんな感じが、駅で普通に人と別れるときにぼくはよくありますね。じゃあもしも自分があっちの電車に乗って、あっちがこっち側に残ってたら運命は逆だったんだなとかって、それは当たり前で反芻することではないんだけど。

東　一時親密になって、また離れたカップルとかにもありそうね。

穂村　元カノとか元カレにまた飲み会とかで出くわしたとき変な距離感がありますよね（笑）。なんか、もわもわする。

東　何もなかった人とは違う距離感で、逆に大きな距離ができる。

穂村　しゃべってみてもそうでなくても、なんか「ごっこ」をしてるような感じがあります。

きみいないきみのベッドできみのせんたくものをほす二十二七月

穂村△　東△　（沢田康彦　45歳・編集者）

東　学生でしょうか、《きみ》の部屋に転がりこんで、《きみ》は授業かなんかに行って、その間《きみのせんたくもの》をぼくは干している、といったなんでもない瞬間なんだけど、《きみ》《きみ》《きみ》って言っていて、若干にやにやしながら干しているのかな、そんな光景。等身大の青春性が好きでした。

穂村　これは作者が女性であるよりも、まあ男性であったほうがいい。女の人がやると「未来のおくさん」像みたいな感じになってしまう。男性が不器用な感じでやってたほうが青春のときだけの出来事感があって、「どうせ続かない」「ひと夏だろう」みたいな感じが予見される。思い出としてよりみずみずしい感じがするんですね。

沢田　同人の清野さん「そんなこと昔してもらったなあと思い出しました」(笑)。

あの川にとびこんでゆく少年の身体の中のしくみになりたい

穂村△　東　(東直子　39歳・歌人)

穂村　《しくみ》が面白いですよねえ。体のなかの何になりたいとか、何の体になりたいというろんな言い方はあるけど、《しくみになりたい》というのは聞いたことがなくって、どういうことなんですかね。

沢田　「しくみを知りたい」ではなくって、《しくみになりたい》。これ《少年》に限りますね。「少女」ではだめで。《少年》と少女は体の組成が違う感じがします。

穂村　メカニカルってことかなあ。やや変態な感じですかね。言われると引きますよね。

東　また引かれました(笑)。もてない短歌。

穂村　変わった欲望を持っていると、合意点が見つけにくくなるからね(笑)。

沢田　でも今回の一番人気でした。「以前、友人として大好きだった男の子について、『この人のつくり方を知りたい』と思ったことがありました。直視できないほどまぶしく、自分とは別の生き物のような位置に関節のある《少年》については、この歌のように《身体の中のしくみになりたい》と思うでしょう」(ねむねむ)。

炎天下　バスをまちつつひんやりとネクターをもつこどもの心

穂村　東△（穂村弘　40歳・歌人）

沢田　こちらも既発表作ですが、確かに夏の歌。

東　ノスタルジック、かつ体感的な歌で、《炎天下》で《バス》を待つ、あのうんざりした感じ。大人だとただただ嫌という感じだけど、《こども》ってこれからどこかに出かけるとなると、どんなシチュエーションでも期待感を持って待てるんですよね。で、《ネクター》っていうのが微妙な感じで。

沢田　忘れてる飲み物ですね。

東　これがたとえば「麦茶」とかだと普通なんですけど、《ネクター》というとろんとした甘いものがいいんですよね。子どものときからときどき田舎に行くと出されたりするんだけど、喉が渇いているときにこれを出されると何これ？　って思ってました。なぜこれがこんなにポピュラーになったのか、すごく特殊な飲み物で。桃をどろどろにしたような。

沢田　甘すぎるピューレ。《こども》の頃は愛飲していました。

東　《ネクター》といえば「ねっとり」、でもときどきあれを無性に飲みたくなるんですよね。《バス》を待ってて、これからどこかいいところに行かせてもらえるかもしれないっていうぼんやりとした期待感と響き合っているのかな。

穂村　昔の細い缶ですよね。その後は太い缶になって、今はペットボトルが多いじゃないですか。細長い缶を見るとそれだけで懐かしさを覚えます。

八月生まれの人間たちを乗せてゆく免許センター行き市営バス

穂村　東△（穂村弘　40歳・歌人）

東　《八月》ってのがいいんですよね。だいたいちょっとへんぴなところにありますよね、《免許センター》って。それでみんなバスに乗るしかなくて、同じ目的をもった同じ月生まれの人が乗り合わせている《バス》っていう不思議さ。

沢田　同人評「わたしも鴻巣行きのバスのなかで、ひとりを除いてみんな九月生まれなのだなあと思ったことがあった。運転手さんは、なんとなく九月生まれな感じがしなくって」（よしだかよ）。たまたま乗り合わせる運命共同体。おかしくってこわい歌ですね。ぼくは、制度的手続きというもののミもフタもない怖さを感じました。戦争のとき、こんなことが十分に起こっていそうな気がします。

文庫版あとがき

穂村　弘

今回の文庫化にあたって全体を読み返してみて、懐かしい気持ちになった。
あったなあ、こんな歌。
あ、こんな歌も。
なかには、その一首がまさに生まれた現場に立ち会ったものもある。
それから、沢田さん、東さんと一緒に話し合ったときのこと。
みんなの作品を前にして、あーだ、こーだと真剣に云い合うのは楽しかった。
あれからずいぶん時間が経った。
参加者のなかには身の回りの環境が大きく変わった人もいる。
でも、と思う。
それは人間の側の感覚に過ぎないとも云える。
時間は止まらない。
今、今、今、今、と流れ続ける。
やがては本書に関わった全員が地上から消えてしまうだろう。

しかし、歌は残る。

歌だけが残るのだ。

或る日、或る時、或る場所で確かに生きていた〈私〉の「今」を閉じ込めた魔法の器として。

一首の短歌を読むとき、そこに収められた時間と思いが、まるで解凍されたかのように束の間甦る。

例えば、こんな歌。

芽きゃべつも靄でしっとり緑色おやすみなさいいつも寂しい　吉野朔実

寂しかった〈私〉も、寂しくさせたあなたも、慰めてくれた友達も、同時代を生きた全ての人々が消え去ったあとも、「おやすみなさいいつも寂しい」という思いは時を超えて響き続けるのだ。

本書を開いて、さまざまな永遠たちに触れて貰えたら嬉しいです。

続・文庫版あとがき――時は流れても

東　直子

ゲラを読みながら、ときどき出てくる自分の短歌作品に添えてある年齢を見て、十年以上も昔に作ったものなのか、と愕然としました。記憶を辿れば確かに、それだけの時間が確実に流れているのです。最近、沢田さん宅に電話すると子どもの声が聞こえてきて、あれあれ、あの頃の私の家のようではないかと思う今日の私の家は、「お風呂がわきました」と告げる女性の声（機械の）だけがある状態です。

時が流れたなあ。

しかしここに書かれている短歌を作ったときの気持ちは、つい昨日のことのようにまざまざと思い出すことができます。ふだんは日常の中に埋もれてすっかり忘れているのですが、短歌に凝縮した瞬間の心は、あっという間に解凍できてしまうのです。たとえ架空の出来事を想像して作った歌だったとしても、それを書くに至った心の経路が見えるのです。短歌は、短歌にまとめたその瞬間よりも、一年後、十年後、三十年後などに、より味わい深くなるお酒みたいなところがあるようです。

「猫又」同人の人とは、最初の『短歌はプロに訊け！』出版のころに何人かの人とお会いすることができ、今でもときどき会っておいしいものなど食べては他愛ない話や、ときには深刻な相談にものってもらう大切な友達となりました。でも、いつも気の置けない話をしていても、彼女たちの短歌作品を読むと、おっと思うことがあります。大人のたしなみがきれいにコーティングされた人の内側がちらりと見えたようで、ドキリとします。想像力を駆使して作っている、ということが分かっていても、そこに書かれた言葉には、その人の本質が必ず反映されているように思うのです。本質にぜんぜん触れていない歌は、たぶん心に残らないです。

ではその「本質」を詳細に説明してほしいかというと、そうでもないのです。骨まで愛してしまった恋しい人ならともかく、知らなくていいことは知らないままがいいと思います。短歌でほんの少しヒントをもらった事柄から、読者の私たちが自分の経験と照らし合わせながら世界を広げて考えることができる。それが楽しいのです。

「猫又」の作品を題材に、それぞれの感覚でいろいろ好きなように広げて語っていますが、皆さんも「いや、私はこう思うな」と枝葉を縦横にのばし、いずれは新たな表現を獲得していただければ、とてもうれしいです。そしていつか、言葉の枝先がふれあうことがあれば、幸せです。

本書は二〇〇〇年四月、本の雑誌社より刊行された『短歌はプロに訊け！』を改題し、再編集したものです。「自慢する」「夏の思い出」は、単行本未収録。

ひとりの夜《よる》を短歌《たんか》とあそぼう

穂村《ほむら》 弘《ひろし》・東《ひがし》 直子《なおこ》・沢田《さわだ》康彦《やすひこ》

平成24年 1月25日　初版発行
令和7年 10月10日　6版発行

発行者●山下直久

発行●株式会社KADOKAWA
〒102-8177　東京都千代田区富士見2-13-3
電話　0570-002-301（ナビダイヤル）

角川文庫 17241

印刷所●株式会社KADOKAWA
製本所●株式会社KADOKAWA

表紙画●和田三造

Printed in Japan　ISBN978-4-04-405403-8　C0195

角川文庫発刊に際して

角川源義

第二次世界大戦の敗北は、軍事力の敗北であった以上に、私たちの若い文化力の敗退であった。私たちの文化が戦争に対して如何に無力であり、単なるあだ花に過ぎなかったかを、私たちは身を以て体験し痛感した。西洋近代文化の摂取にとって、明治以後八十年の歳月は決して短かすぎたとは言えない。にもかかわらず、近代文化の伝統を確立し、自由な批判と柔軟な良識に富む文化層として自らを形成することに私たちは失敗して来た。そしてこれは、各層への文化の普及滲透を任務とする出版人の責任でもあった。

一九四五年以来、私たちは再び振出しに戻り、第一歩から踏み出すことを余儀なくされた。これは大きな不幸ではあるが、反面、これまでの混沌・未熟・歪曲の中にあった我が国の文化に秩序と確たる基礎を齎らすためには絶好の機会でもある。角川書店は、このような祖国の文化的危機にあたり、微力をも顧みず再建の礎石たるべき抱負と決意とをもって出発したが、ここに創立以来の念願を果すべく角川文庫を発刊する。これまで刊行されたあらゆる全集叢書文庫類の長所と短所とを検討し、古今東西の不朽の典籍を、良心的編集のもとに、廉価に、そして書架にふさわしい美本として、多くのひとびとに提供しようとする。しかし私たちは徒らに百科全書的な知識のジレッタントを作ることを目的とせず、あくまで祖国の文化に秩序と再建への道を示し、この文庫を角川書店の栄ある事業として、今後永久に継続発展せしめ、学芸と教養との殿堂として大成せんことを期したい。多くの読書子の愛情ある忠言と支持とによって、この希望と抱負とを完遂せしめられんことを願う。

一九四九年五月三日